16	3	2	13
5	10	11	8
9	6	7	12
4	15	14	1

Coleção LESTE

Sigismund Krzyzanowski

O MARCADOR
DE PÁGINA

e outros contos

Tradução
Maria Aparecida B. Pereira Soares

editora 34

EDITORA 34

Editora 34 Ltda.
Rua Hungria, 592 Jardim Europa CEP 01455-000
São Paulo - SP Brasil Tel/Fax (11) 3811-6777 www.editora34.com.br

Copyright © Editora 34 Ltda. (edição brasileira), 1997
O marcador de página © Vadim Guerchevitch Perelmouter, 1989
Tradução © Maria Aparecida B. Pereira Soares, 1997

A FOTOCÓPIA DE QUALQUER FOLHA DESTE LIVRO É ILEGAL E CONFIGURA UMA
APROPRIAÇÃO INDEVIDA DOS DIREITOS INTELECTUAIS E PATRIMONIAIS DO AUTOR.

Edição conforme o Acordo Ortográfico da Língua Portuguesa.

Imagem da capa:
Ilustração de El Lissitzky para o livro As quatro operações, *1928*

Capa, projeto gráfico e editoração eletrônica:
Bracher & Malta Produção Gráfica

Revisão:
Adma Fadul Muhana,
Nina Schipper, Lucas Simone

1ª Edição - 1997, 2ª Edição - 2016 (1ª Reimpressão - 2021)

Catalogação na Fonte do Departamento Nacional do Livro
(Fundação Biblioteca Nacional, RJ, Brasil)

Krzyzanowski, Sigismund, 1887-1950
K782m   O marcador de página e outros contos /
Sigismund Krzyzanowski; tradução de
Maria Aparecida B. Pereira Soares —
São Paulo: Editora 34, 2016 (2ª Edição).
160 p. (Coleção Leste)

ISBN 978-85-7326-626-9

1. Contos russos. I. Soares, Maria
Aparecida B. Pereira. II. Título. III. Série.

CDD - 813

O MARCADOR DE PÁGINA
e outros contos

O Quadraturin 7
O marcador de página 21
O carvão amarelo 67
A décima terceira categoria da razão 87
Dentro da pupila 97
O cotovelo que não foi mordido 137

Sobre o autor 152
Sobre a tradutora 153

Traduzido do original russo *Vospominánia o budúchem* [Recordações do futuro], de Sigismund Krzyzanowski, coletânea póstuma de contos organizada por Vadim Perelmouter, Moscou, Moskóvskii Rabótchii, 1989. As notas da edição russa fecham com (N. da E.); as notas da tradutora, com (N. da T.).

O QUADRATURIN

I

Ouviu-se uma batida fraca na porta pelo lado de fora: uma vez. Pausa. De novo — um pouco mais alto e ossudo: duas vezes.

Sem se levantar da cama, Sutúlin espichou, com um gesto costumeiro, a perna na direção do ruído e empurrou a maçaneta da porta com o pé. A porta abriu com força. Na soleira, a cabeça tocando a verga da porta, estava um homem alto, cinzento como a claridade crepuscular que entrava pela janela.

Sutúlin nem teve tempo de tirar os pés da cama e o visitante já havia entrado e fechado sem ruído a porta. Esbarrou com a pasta que trazia embaixo do seu braço longo e simiesco numa parede, depois na outra, e disse:

— É o que eu pensava: uma caixa de fósforos.

— Como?

— Estou dizendo que seu quarto é uma caixa de fósforos. Quantos metros tem?

— Oito e alguma coisa.

— Pois é isso. Me permite?

Sutúlin não teve tempo de abrir a boca e o visitante já estava sentado na cama, abrindo apressadamente a pasta estufada, de tão cheia. Abaixando a voz, quase num sussurro, o estranho continuou:

— Tenho algo a lhe propor. É o seguinte: eu, ou melhor, nós, produzimos... como direi... bom, fazemos experiências.

É mais ou menos isso. Por enquanto é segredo. Não vou esconder: há uma importante firma estrangeira interessada no nosso negócio. O senhor está procurando o interruptor? Não é preciso, não vou me demorar. Mas, como ia dizendo, foi descoberta — por enquanto isso é segredo — uma substância para aumentar a área dos quartos. Não quer ver?

Emergindo da pasta, a mão do desconhecido estendeu a Sutúlin uma bisnaguinha fina e escura, semelhante às bisnagas comuns de tinta, fechada fortemente com uma tampinha chumbada. Sutúlin girou a bisnaguinha escorregadia nos dedos sem saber o que fazer e, embora o quarto estivesse quase escuro, conseguiu ler no rótulo a palavra "Quadraturin", nitidamente impressa. Levantou os olhos, que toparam com o olhar imóvel e fixo do interlocutor.

— Então, vai ficar com essa? O preço? Tenha a bondade, é grátis, para propaganda. Só uma coisinha — e o visitante pôs-se a folhear agilmente um livrinho desses de escritório, que tirou da pasta —, peço-lhe uma simples assinatura no livro de agradecimentos (uma breve declaração, por assim dizer). Lápis? Aqui está um lápis. Onde? Aqui, terceira coluna. Está ótimo.

Fechando ruidosamente a assinatura, a visita endireitou-se, deu as costas bruscamente e dirigiu-se para a porta. Passado um minuto, Sutúlin girou o interruptor e, com as sobrancelhas perplexamente levantadas, ficou examinando as letras nítidas e salientes: Quadraturin.

Depois de um exame mais atento, verificou que a bisnaguinha de zinco estava envolta num papel fino e transparente, com as extremidades habilmente coladas uma na outra, como os fabricantes de produtos patenteados costumam fazer. Sutúlin tirou o invólucro de papel do Quadraturin, desdobrou o texto que envolvia o tubinho, visível através do papel transparente, e pôs-se a ler:

Modo de usar

Dissolver a essência de Quadraturin na proporção de uma colher de chá para um copo de água. Molhar um chumaço de algodão ou um pedaço de pano limpo na solução e passar nas paredes internas do cômodo que se quer aumentar. O produto não deixa manchas, não estraga o papel de parede e ainda, como efeito secundário, ajuda a combater os percevejos.

Até então, Sutúlin só estava perplexo. Agora, a perplexidade começava a somar-se a outra sensação, inquietante e aguda. Levantou-se e tentou caminhar de um canto a outro, mas os cantos de sua gaiola eram demasiadamente próximos um do outro: quase que o passeio se resumia a meias-voltas, das pontas dos pés para os calcanhares e no sentido inverso. Sutúlin interrompeu bruscamente o passeio, sentou-se e fechou os olhos, entregando-se a pensamentos que começavam assim: e o que se?... e se?... e se de repente?... À esquerda, a uma distância de pouco menos de um metro do seu ouvido, alguém estava pregando um gancho de ferro na parede, e volta e meia o martelo escapulia com estrondo, parecendo que ia bater direto na sua cabeça. Apertando as têmporas com as mãos, ele abriu os olhos: a bisnaguinha preta jazia sobre a mesinha estreita, que conseguira a proeza de se meter entre a cama, o parapeito da janela e a parede. Sutúlin quebrou o lacre de chumbo, a tampinha desatarrachou-se e saiu. Do buraquinho redondo exalou um cheiro picante e levemente amargo que dilatava agradavelmente as narinas.

— Bem. Vamos experimentar. Quem sabe?...

Tirando o paletó, o proprietário do Quadraturin deu início à experiência. Deslocou o tamborete para perto da porta, colocou a cama no meio do quarto e empilhou a mesa sobre a cama. Empurrando um pratinho com o líquido trans-

parente e levemente amarelado, Sutúlin começou a arrastar-
-se pelas tábuas do assoalho. Molhava sistematicamente no
Quadraturin seu lenço enrolado num lápis e passava-o ao
longo das tábuas e dos desenhos do papel de parede. Como
dissera o visitante daquele dia, o quarto era realmente uma
caixa de fósforos, mas Sutúlin trabalhava devagar e com cuidado, procurando não deixar nenhum cantinho sem receber
o preparado. Isso era bastante difícil, pois o líquido evaporava instantaneamente, ou era absorvido (ele não conseguia
entender), sem deixar o menor vestígio. Mas o cheiro, cada
vez mais forte e picante, tonteava a cabeça, embaralhava os
dedos e fazia tremer um pouco os joelhos grudados no chão.
Quando terminou as tábuas do assoalho e a parte de baixo
das paredes, Sutúlin levantou-se sobre as pernas pesadas e
estranhamente enfraquecidas e continuou a trabalhar em pé.
De vez em quando era preciso acrescentar mais essência e o
tubinho pouco a pouco foi se esvaziando. Do outro lado da
janela já era noite. À direita, na cozinha, ouviu-se o ruído da
tranca. Os moradores preparavam-se para dormir. Tentando
não fazer barulho, o experimentador subiu na cama e, da
cama, na mesa bamboleante, com o resto da essência na mão:
faltava quadraturinizar o teto. Mas nesse momento começaram a esmurrar a parede:

— Que é que estão fazendo aí!? Tem gente dormindo, e
esse...

Ao se virar para o lado de onde vinha o som, Sutúlin fez
um movimento desajeitado: o tubinho escorregadio escapuliu
de sua mão e caiu no chão. Equilibrando-se com cuidado,
Sutúlin desceu com o pincel seco na mão, mas já era tarde.
O tubinho estava vazio e ao seu redor havia uma mancha que
exalava um odor atordoante e evaporava rapidamente. Cansado, agarrou-se à parede (à esquerda, os descontentes novamente se agitavam), reuniu suas últimas forças e recolocou
as coisas nos seus lugares. Depois meteu-se de roupa e tudo

na cama. Imediatamente um sono pesado desabou sobre ele: a bisnaga e o homem estavam vazios.

II

Duas vozes sussurravam. Depois foram subindo a escala de intensidade: de *piano* a *mezzo forte*, de *mezzo forte* a *forte fortissimo* — e arrebentaram com o sono de Sutúlin.

— Mas que absurdo!... Esses moradores escondidos embaixo da saia... E o berreiro que eles fazem?!

— Não posso jogar na lixeira...

— Não me interessa! Já disse aos senhores: nem cachorros, nem gatos, nem crianças... — depois disso seguiu-se um *fortissimo* tal, que o sono de Sutúlin foi-se embora de uma vez. Ainda sem abrir as pálpebras costuradas pelo cansaço, num gesto habitual estendeu a mão para a beirada da mesa, onde costumava ficar seu relógio. Foi aí que a coisa começou: a mão esticou por muito tempo, tateando o ar — não havia nem relógio, nem mesa. Imediatamente Sutúlin abriu os olhos. No instante seguinte estava sentado na cama, perdido, olhando o quarto. A mesa, que costumava ficar ali, junto à cabeceira, tinha se movido para o meio de um quarto vagamente familiar, amplo mas desajeitado.

Todas as coisas eram as mesmas: o tapetinho puído e curto, que se arrastara para a frente acompanhando a mesa, as fotografias, o tamborete e os desenhos amarelos no papel de parede — mas elas estavam estranhamente separadas e distribuídas pelo cubo alargado do quarto.

"O Quadraturin! Mas que poder!", pensou Sutúlin.

E imediatamente começou a arrumar os móveis no novo espaço. Mas nada dava certo: o tapetinho curto, colocado de volta junto aos pés da cama, desnudou as tábuas descascadas do assoalho; a mesa e o tamborete, que de hábito ficavam espremidas junto à cabeceira, deixaram livre um canto vazio, cheio de teias de aranha, e puseram à mostra toda sorte de rasgões que antes ficavam habilmente mascarados pelos cantos apertados e pela sombra da mesa. Embora um pouco assustado, Sutúlin inspecionava com um sorriso triunfante sua nova superfície quase elevada ao quadrado, examinando cuidadosamente cada minúcia, quando notou aborrecido que o quarto aumentara de maneira não inteiramente proporcional: o canto da frente ficou rombudo e empurrou a parede meio enviesadamente; nos cantos internos, pelo visto, o Quadraturin agiu menos. Por mais que Sutúlin tivesse tido cuidado ao espalhar o produto, a experiência dera resultados levemente desiguais.

O apartamento pouco a pouco acordava. Perto das portas, pessoas iam e vinham. A porta do lavatório bateu. Sutúlin aproximou-se da entrada e girou a chave para a direita. Depois, com as mãos nas costas, experimentou andar de um canto a outro: conseguiu! Começou a rir alegremente. Veja só, até que enfim! Mas logo pensou: podem ouvir os passos — lá atrás das paredes — à direita, à esquerda, ao fundo. Ficou um minuto imóvel, depois abaixou-se rapidamente (nas têmporas repentinamente voltou a dor aguda da véspera), tirou os sapatos e entregou-se ao prazer do passeio, caminhando silenciosamente só de meias.

— Posso entrar?

Era a voz da senhoria. Ele se aproximou da porta e já ia pegando na chave, quando se lembrou: não podia.

— Estou me vestindo. Espere um momento. Já vou sair.

"Está tudo bem, mas está ficando complicado. Digamos que eu tranque a porta e leve a chave comigo. E o buraco da fechadura? Depois, tem a janela: é preciso colocar uma cortina. Hoje mesmo." A dor nas têmporas ficava cada vez mais concentrada e persistente. Sutúlin reuniu apressadamente seus papéis. Hora de sair para o trabalho. Vestiu-se. Enfiou a dor dentro do gorro. Escutou junto à porta: ninguém. Abriu e saiu com rapidez. Deu uma virada rápida na chave. Pronto.

No *hall*, a senhoria esperava pacientemente.

— Queria falar com o senhor sobre a... como é o nome dela? Imagine que ela fez um requerimento à Comissão de Moradia, alegando que...

— Ouvi falar. O que mais?

— O senhor não tem problemas. Não poderá ter mais do que oito metros quadrados. Mas ponha-se no meu lugar...

— Tenho pressa.

E ele sacudiu o gorro enquanto corria escada abaixo.

III

Ao voltar do trabalho, Sutúlin parou diante da vitrine da loja de móveis: a longa curvatura do divã, a mesa elástica redonda... Seria bom, mas como introduzi-los por entre olhares e perguntas? Vão desconfiar, é impossível que não desconfiem...

Teve de se limitar à compra de um metro de tecido amarelo-canário (pelo menos a cortina). Não entrou no restaurante: não tinha fome. Precisava voltar para casa depressa — lá tudo seria mais fácil: pensar calmamente, olhar em volta e adaptar-se. Sutúlin introduziu a chave na fechadura da porta do seu quarto e olhou para os lados — não estariam olhando? Não. Deu um passo para dentro. Acendeu a luz e ficou um longo tempo de pé, com as mãos espalmadas na parede, o coração batendo desordenadamente: *isto ele não tinha previsto* — absolutamente não.

O Quadraturin *continuava* a agir. Em oito ou nove horas, enquanto o inquilino esteve fora, ele conseguiu recuar as paredes dois metros ou mais; esticadas por tirantes invisíveis, as tábuas do assoalho começaram a soar ao primeiro passo, como tubos de um órgão. Alongado e monstruosamente revirado, aquele quarto começava a dar susto e angústia. Sem tirar o sobretudo, Sutúlin sentou-se no tamborete e ficou olhando a ampla caixa que lhe servia de casa: parecia um caixão e causava uma sensação de esmagamento. Tentava compreender o motivo do inesperado efeito, quando se lembrou — não tinha passado o líquido no teto: a essência fora insuficiente. A caixa-moradia cresceu apenas no comprimento e na largura; não aumentou nem uma polegada para cima.

"Pare! É preciso fazer parar esse tal de Quadraturin. Ou então eu..." Ele comprimiu as têmporas com as palmas das mãos e ficou sentindo a dor corrosiva que se introduzira no seu crânio ainda pela manhã e continuava a girar uma verruma lá dentro. Embora as janelas da casa em frente estivessem escuras, Sutúlin escondeu-se delas com o pano amarelo da cortina. A cabeça não parava de doer. Ele se despiu sem fazer barulho, apagou a luz e deitou-se. No início, teve um sono curto, depois foi despertado por uma sensação de desconforto. Cobriu-se melhor com o cobertor e tornou a dormir, mas novamente aquela impressão desagradável de falta de apoio misturou-se com os sonhos. Ergueu-se escorando na palma de uma das mãos e, com a outra, tateou ao seu redor: não havia paredes. Riscou um fósforo. E essa agora! Soprou a chama e abraçou os joelhos tão fortemente que os cotovelos chegaram a estalar. "Está crescendo, maldito, está crescendo!" Com os dentes cerrados, Sutúlin levantou-se e, esforçando-se para não fazer ruído, moveu cuidadosamente a cama para perto da parede que fugia, empurrando primeiro a cabeceira, depois os pés. Sentiu um friozinho. Sem acender a luz, foi buscar o sobretudo para agasalhar-se melhor, mas não havia gancho no lugar onde havia na véspera e ele teve de vasculhar por alguns segundos a parede, até suas mãos tocarem a pele do casaco. Depois disso, nessa noite tão longa e aborrecida como a dor nas têmporas, por duas vezes Sutúlin encostou a cabeça e os joelhos na parede, adormeceu e tornou a acordar. E cada vez ele tinha de arrastar os pés da cama. Fazia isso mecanicamente, sem irritação, como se estivesse morto. E embora ainda estivesse escuro, procurava não abrir os olhos — assim era melhor.

IV

No dia seguinte, ao crepúsculo, Sutúlin chegou do trabalho, aproximou-se sem pressa da sua porta e, ao entrar, não ficou espantado nem horrorizado. Em algum ponto longínquo do teto estreito e baixo acendeu-se uma pequena e pálida lâmpada de dezesseis volts, cuja luz amarela mal atingia os cantos distantes e escuros da caserna enorme, morta e vazia, ainda recentemente, antes do Quadraturin, um cantinho tão apertado, mas tão seu, tão aconchegante e cálido. Sutúlin foi andando resignadamente na direção do quadrado amarelo da janela, estreitado pela perspectiva, tentando contar os passos. De lá, da cama triste e timidamente metida no canto perto da janela, cansado e apático, ele olhava através da dor perfurante o balançar das sombras nas tábuas do assoalho e no teto baixo e liso. "Aí está — espreme-se algo de um tubinho e tudo se multiplica: o quadrado duplica, o quadrado dos quadrados eleva-se ao quadrado. É preciso pensar depressa, ser mais rápido que ele, senão ele vai crescer e ultrapassar..." De repente ressoou uma batida na porta:

— Cidadão Sutúlin, o senhor está em casa?

Do mesmo lugar vinha a voz distante, abafada e quase inaudível da senhoria:

— Ele está em casa. Com certeza está dormindo.

Sutúlin ficou coberto de suor: "E se de repente não consigo alcançar a porta e eles abrem...". Tentando andar sem fazer ruído (eles que pensem que estou dormindo), caminhou muito tempo na escuridão até atingir a porta. Pronto.

— Quem é?

— Abra, ora, por que o senhor está trancado aí? É a Comissão de Reavaliação de Superfícies. Nós só vamos medir novamente e vamos embora.

Sutúlin ficou parado com o ouvido colado à porta. Do outro lado da tábua fina, botas pesadas pisavam o chão. Ele ouviu que falavam de cifras e dos números dos quartos.

— Agora aqui. Abra!

Com uma das mãos, Sutúlin agarrou a tomada da luz, tentando torcê-la como se torce a cabeça de uma ave: a tomada soltou algumas faíscas, depois fez craque, girou sem forças e ficou pendurada. Novamente esmurraram a porta:

— Como é que é!

Então Sutúlin girou a chave para a esquerda. Na moldura da porta destacou-se uma enorme silhueta negra.

— Acenda a luz.

— Está queimada.

Agarrando-se com a mão esquerda na maçaneta da porta e com a direita no emaranhado de fios, ele tentava tapar com seu corpo o espaço dilatado. A massa negra recuou um passo.

— Alguém tem fósforo? Me dá a caixa. Vamos dar nem que seja uma olhada. Para cumprir as regras.

De repente a senhoria pôs-se a desfiar sua ladainha:

— Mas que é que tem aí para ver?! Ficar vendo oito vezes esses oito metros! Com a medição de vocês o quarto não vai ficar maior. O homem é sossegado, chegou do trabalho e se deitou, e vocês não deixam ele descansar: ficam medindo, medindo. Agora, já uns e outros não têm direito a espaço maior, e esses...

— É, tem razão — resmungou a massa negra. E, oscilando de uma bota imensa para a outra, com cuidado e quase com carinho puxou a porta para a claridade. Sutúlin ficou sozinho sobre as pernas que vergavam como se fossem de algodão, no meio da escuridão quadrangular que a cada segundo crescia e se afastava.

V

Sutúlin esperou os passos silenciarem, vestiu-se rapidamente e saiu para a rua. Eles virão outra vez, os da reavaliação, os da subavaliação, ou sabe-se lá quem. É preciso pensar numa solução, aqui, entre um cruzamento e outro. À noitinha o vento começou a soprar: ele agitava os ramos nus e congelados das árvores, balançava as sombras, assobiava nos fios e batia contra as paredes, como se quisesse derrubá-las. Protegendo dos golpes do vento sua dor lancinante nas têmporas, Sutúlin caminhava, ora submergindo na sombra, ora mergulhando na claridade dos lampiões. De repente, em meio aos trancos bruscos do vento, algo tocou levemente e com carinho o seu cotovelo. Virou-se. Sob as plumas que batiam nas bordas negras do chapéu, um rosto conhecido, com os olhos provocantemente semicerrados. Mal se ouvia entre os uivos do vento:

— Mas não me reconhece? Vai passando sem olhar! E faça uma reverência. Assim.

A figura leve que o vento atirava para trás, de pé sobre saltos pontiagudos e firmes, toda ela expressava rebeldia e disposição para a luta.

Sutúlin fez uma saudação puxando a aba do boné para baixo:

— Mas você ia embora! E ainda está aqui? Então alguma coisa atrapalhou...

— Foi. Isto aqui.

E ele sentiu um dedo de camurça tocar seu peito e voltar

imediatamente para o regalo. Encontrou sob as plumas negras dançantes as pupilas estreitas e lhe pareceu que, mais um olhar, mais um toque, um golpe nas têmporas quentes, e *aquilo* sairia de sua cabeça, se dissiparia e acabaria. Nesse momento, ela aproximou seu rosto do dele e disse:

— Vamos ao seu quarto. Como antes. Lembra-se?

Imediatamente, tudo desmoronou.

— Ao meu quarto é impossível.

Ela procurou a mão que ele havia retirado e agarrou-a com os dedos de camurça.

— Meu quarto... não é bom — deixou ele escapar para o lado, retirando novamente a mão e o olhar.

— Você quer dizer: é apertado. Meu Deus, como você é engraçado. Quanto mais apertado... — e o vento cortou o final da frase. Sutúlin não respondeu. — Ou, quem sabe, você não...

Ele caminhou até a esquina e virou-se: a mulher continuava parada, apertando o regalo no peito, como um escudo; seus ombros estreitos contraíam-se de frio; o vento insolente fazia sua saia esvoaçar e brincava com as abas do paletó. "Amanhã. Tudo amanhã. Mas agora..." Apertando o passo com determinação, Sutúlin deu a volta para casa.

"Tem que ser já: enquanto todos estão dormindo. O negócio é pegar as coisas (só o essencial) e ir embora. Fugir. Escancarar a porta, e que eles também... Por que só eu? Que eles também..."

De fato, o apartamento estava sonolento e escuro. Sutúlin caminhou pelo corredor, para a frente e para a direita, e abriu resolutamente a porta. Como de costume, quis virar o interruptor, que ficava junto à entrada, mas este, girando impotente nos seus dedos, lembrou-lhe que a corrente estava interrompida. Isto era um obstáculo desagradável, mas ele não podia fazer nada; vasculhando os bolsos, encontrou uma caixa de fósforos: estava quase vazia. Isso significava que só poderia acender três ou quatro fósforos. Era preciso economizar a luz e o tempo. Chegando até o cabide, acendeu o primeiro fósforo: a luz arrastou-se em raios amarelos através do ar negro. Deliberadamente, vencendo a tentação, Sutúlin concentrou-se no pedaço iluminado da parede e nos paletós e túnicas pendurados nos ganchos. Sabia que atrás das suas costas estava o espaço morto quadraturinizado, cujos cantos negros haviam se arrastado para longe. Sabia disso e não se virou para olhar. Na mão esquerda o fósforo chegava ao fim, a mão direita arrancava as roupas dos ganchos e atirava no chão. Foi necessário riscar mais um fósforo; olhando para o chão, dirigiu-se para o canto — se é que ele ainda estava lá e ainda era um canto —, para onde, segundo seus cálculos, a cama devia ter se arrastado, mas por descuido apagou o fósforo com sua respiração — e o deserto negro se fechou novamente. Restava o último fósforo: riscou-o várias vezes, sem resultado. Tentou mais uma vez — a cabeça soltou-se e escorregou dos dedos. Então, com medo de ir mais para o fundo, o homem deu meia-volta e moveu-se para trás, na direção da trouxa que jogara embaixo dos ganchos. Mas, pelo visto, virou-se na direção errada. Ele andava — passo a passo, passo a passo — com os dedos estendidos para a frente, e não encontrava nada: nem a trouxa, nem os ganchos, nem as paredes. "Eu vou chegar a algum lugar. Tenho que chegar." Seu corpo ficou empapado de suor e frio. As pernas vergavam estranhamente. O homem agachou-se, colocou as palmas das mãos nas tábuas do assoalho: "Você não devia ter voltado. Assim só, como você está, tudo está perdido". E de repente sentiu um choque: "Estou aqui esperando, e ele está crescendo, estou esperando, e ele...".

Os moradores dos quartos que faziam limite com os oito metros quadrados do cidadão Sutúlin, sonolentos e amedrontados, não entenderam o timbre e a entonação do grito que os despertou no meio da noite e os fez correr para a porta de sua gaiola: para quem está perdido e fadado a morrer no deserto, é inútil gritar. Mas se apesar de tudo — contra todo bom senso — ele grita, então, com toda certeza, ele grita *assim*.

(1926)

O MARCADOR DE PÁGINA

I

Outro dia, quando estava examinando velhos livros e manuscritos amarrados com barbante, ele veio parar novamente nas minhas mãos: um corpo chato, coberto de seda azul-pálido, todo bordado e com uma cauda pendente, de duas pontas. Há muito não nos encontrávamos, eu e meu marcador de página. Os acontecimentos dos anos mais recentes foram muito pouco livrescos e me levaram para longe das estantes cheias de ideias conservadas como num herbário. Eu abandonei o marcador em alguma página, cuja leitura ficara inacabada, e em breve me esqueci do contato com a seda lisa, do aroma delicado da tinta de imprimir que vinha do seu corpo macio e flexível, docilmente colado nas letras. Eu esqueci até o lugar onde o tinha esquecido. É assim que as longas viagens separam os marinheiros de suas mulheres.[1]

É verdade que vez por outra caíam-me nas mãos livros: raros a princípio, depois cada vez mais frequentes — mas eles não necessitavam de marcador de página. Eram folhas que despencavam, mal coladas em capas tortas, de papel áspero e sujo, onde as letras, cinzentas como os capotes de lã grosseira dos soldados, foram arrumadas às pressas em fileiras tortas. Os livros fediam a óleo queimado e cola. Não se tinha

---

[1] A palavra "marcador de página" é feminina em russo. (N. da T.)

cerimônia com essas brochuras malfeitas e desencapadas: as páginas coladas eram separadas com o dedo, para serem imediatamente folheadas; suas beiradas, cheias de dentes e rasgadas, eram puxadas impacientemente. Consumiam-se os textos na mesma hora, sem meditações nem degustação: como as nossas carroças de munição, que transportavam cartuchos, os livros eram necessários apenas para transportar palavras. Ali não haveria trabalho para o marcador com a cauda de seda.

Depois, novamente: o navio atraca no cais, pela prancha desço à terra. As escadinhas da biblioteca examinam minuciosamente as lombadas. A imobilidade dos frontispícios. O silêncio e os quebra-luzes verdes das salas de leitura. Páginas deslizando sobre páginas. E finalmente ele: o mesmo de antes, apenas a seda ficara ainda mais pálida, e o bordado estava enegrecido de poeira.

Libertei-o de sob a pilha de papéis e o coloquei diante dos meus olhos, na ponta da mesa: o marcador de página parecia ofendido e um pouco amuado. Mas eu lhe sorria com o meu sorriso mais carinhoso e acolhedor: pois não foram poucas as viagens que fizemos juntos — de uma ideia a outra, de uma página a outra. E começaram a desfilar na minha memória, pela ordem: a árdua escalada, de degrau em degrau, da *Ética* de Espinosa, quando eu abandonava meu marcador quase após cada página, espremido entre os estratos metafísicos; a respiração ofegante da *Vita nuova*, onde, na passagem de um fragmento a outro, o paciente marcador muitas vezes tinha de esperar até que a emoção, que arrancava o livro das mãos, se acalmasse e permitisse novamente voltar às palavras. Não poderia deixar de recordar também... mas tudo isso interessa apenas a nós dois — a mim e ao marcador: paro por aqui.

Tanto mais que na prática é importante — já que todo encontro é um tipo de compromisso — pagar uma oferenda passada com uma no futuro, qualquer que seja. Concretamente: em lugar de devolver meu marcador para o fundo da gaveta, decidi engajá-lo na minha próxima leitura e propor-lhe, em vez da fileira de recordações, a pilha de livros que esperavam a vez.

Examinei a pilha: não, estes não serviam — sem cesuras lógicas, sem retornos bruscos do pensamento, olhadas para trás e pausas para descanso, que exigissem o auxílio do marcador de página. Corri os olhos ao longo dos títulos recém-impressos: no meio dessa mistura de escassa inventiva não havia onde se deter. Não havia um cantinho para alojar meu hóspede retangular.

Desviei os olhos da estante e tentei me lembrar: por minha memória retumbaram os vagões vazios da literatura dos últimos anos. Também aí não haveria um lugar para o marcador de página. Um pouco irritado, comecei a caminhar de uma parede a outra; depois, com as mãos metidas nas mangas do sobretudo, saí para o meu passeio habitual ao entardecer.

II

Eu moro na curva da Arbat, quase em frente à igreja de São Nicolau Milagroso, a uns duzentos passos dos bulevares: primeiro, a vitrine da loja de artigos de segunda mão, encoberta pelas costas dos basbaques; depois, a calçada que se estende ao longo de janelas e letreiros e vai dar direto na praça. Também dessa vez, o hábito aparentemente absurdo, que vinha dos anos de fome há muito esquecidos, me fez parar junto à janela da mercearia: lá estavam elas — por trás do vidro embaçado — expostas com morta faceirice sobre o papel engordurado, as indefesas e crocantes coxas de frango.

Desviando o olhar, fui pelo caminho asfaltado que cruza a praça poligonal até o Bulevar Nikítski. Mais uma praça, e novamente a areia pisada do bulevar — comecei a procurar um lugar vazio em algum dos bancos. Num deles, de encosto inclinado para trás, pés curvos e baixos, vagou uma ponta. Sentei-me, meu ombro tocando o ombro de alguém, e me preparei para continuar o pensamento que se iniciara em casa, junto aos livros e ao marcador de página. Mas no banco alguém já pensava, e, mais do que isso, em voz alta: era o segundo cidadão à direita. Voltado para o homem sentado entre mim e ele, o desconhecido continuava a falar. Olhei de esguelha para o lado do palestrante e só percebi os dedos inquietos, que percorriam a frente desabotoada do sobretudo como se fosse o braço de um violoncelo, marcando o ritmo das palavras (o restante estava tapado pela figura alta e corpulenta do homem a quem ele se dirigia).

— ... Tem mais um. Eu chamo de "A torre enlouquecida". A Torre Eiffel, gigante de quatro patas, que eleva sua cabeça de aço acima do vozerio humano de Paris, cansou, entende, cansou de ter de aguentar a vida agitada, a confusão das ruas cheias de tinidos, luzes e gritos. Foram essas mesmas criaturas irracionais, que se agitam como formigas aos pés da torre, que implantaram no seu crânio pontudo, a traspassar as nuvens, as vibrações e os sinais radiofônicos do planeta. O espaço, depois de vibrar no cérebro cheio de agulhas, escorreu pelos músculos de aço entrançados até o chão, e a torre, arrancando seus pés de ferro do alicerce, balançou um pouco e saiu andando. Isso aconteceu, digamos, de madrugada, quando as pessoas ainda dormiam sob seus tetos, e a Praça dos Inválidos, o Campo de Marte, as ruas próximas e os cais estavam desertos. A gigante de trezentos metros de altura, exercitando com dificuldade suas intumescidas patas de aço, ribomba ao passar pelo arco de ferro da ponte, contorna as melancólicas pedras do Trocadero e vai pela Rua Iena em direção ao Bois de Boulogne. Aqui, na estreita trincheira formada pelas casas, a torre se sente apertada e sem jeito; uma ou duas vezes ela esbarra nas paredes adormecidas, as casas estalam e se desfazem em tijolinhos, acordando os quarteirões vizinhos. Não tanto pelo susto e mais por estar confusa pela sua falta de jeito, a torre vira na primeira rua. Mas aí, no espaço estreito entre as casas coladas, ela não consegue passar. Enquanto isso, Paris acorda de seu sono leve: a bruma noturna fica estriada pela luz dos projetores, ouvem-se sirenes de alarme, e no ar já roncam motores. Então a torre, levantando seus largos pés de elefante, pula em cima dos telhados das casas. As costelas dos telhados estalam sob a pesada corrida do monstro de Eiffel; multiplicando catástrofes enquanto corre, num minuto a torre alcança a orla do Bois de Boulogne e, abrindo a golpes de aço uma clareira, continua sua fuga.

"A essa altura começa a clarear. A cidade de três milhões de habitantes é acordada pelo pânico e lota as estações de trem; a notícia sobre a torre enlouquecida é martelada nos prelos das tipografias, corre pelos fios e salta de ouvido em ouvido. O sol surge no horizonte e permite aos parisienses, que voltam sua cabeça num ângulo habitual para o lugar habitual, onde habitualmente se elevava a ponta da torre, ver o espaço não habitualmente vazio, e nada mais.

"A princípio isso aumenta o alvoroço. Um par de olhos aqui e outro ali julgam ter visto a carcaça gigantesca ora se aproximando, andando a vau pelas curvas do Rio Sena, ora ameaçando pular de Montmartre sobre a cidade; mas logo a neblina matinal e o sensacionalismo falso se dissipam. Milhões de indivíduos sanguíneos reagem à catástrofe batendo os punhos contra o peito, devorando com os olhos as páginas dos jornais, exigindo indignados revide e perseguição à fugitiva. Hóspedes americanos dos hotéis da Praça Monceau clicam suas Kodaks, fotografando as pegadas do gigante de aço, estampadas nos cadáveres e nos escombros. E um poeta de Saint-Célestin, que chegou a pé (pois nunca é demais econo-

O marcador de página

mizar dez *sous*) ao pedestal vazio e revirado, morde pensativamente seu lápis, meditando sobre o que seria mais adequado à situação: um verso alexandrino ou os zigue-zagues do verso livre.

"E a torre, com um balanço regular e zumbindo ao vento, refulgindo com o brilho de sua couraça de aço, segue sempre em frente. Mas a terra fofa torna seus passos mais vagarosos. Além do mais, a fugitiva sabe bem de onde veio, mas não tem claro para onde ir: o acaso a conduz para o noroeste, para o mar. A gigantesca criatura de aço dá meia-volta. Que estará acontecendo? Ei-la no meio de um semicírculo de canhões apontados para ela. Os obuses tentam barrar-lhe a passagem; uivando sob os golpes, a criatura de aço rompe o primeiro anel e, atirando longe os canhões, avança para o norte, em direção às ameaçadoras muralhas da Antuérpia. Ressoam as baterias: aço contra aço. Perturbada pelos golpes, sacudindo suas juntas estraçalhadas, ela lança um grito de ferro e, mudando de caminho, dirige-se para o sudeste. Como uma fera que tentam enjaular a golpes de chicote, ela está pronta para voltar e fincar novamente seus pés no quadrado que os homens lhe destinaram. Mas nesse instante, do leste longínquo ela ouve — o senhor está entendendo? — um chamado quase imperceptível que vem pelo rádio: 'Para cá, para cá...'. O senhor quer que eu chegue para lá? Pois não."

Foi como se o narrador tivesse sido aniquilado pelo homem que se sentou à sua direita: o abotoamento do sobretudo com os dedos momentaneamente imobilizados foi impelido para a frente; depois disso, entrou no meu campo visual o perfil agudo, com uma barbicha pontuda e uma boca que se repuxava a cada palavra, como um tique.

— Para nós está claro de onde e quem está chamando a desgarrada. Agora ela tem um itinerário: diretamente para o leste. A rebelde vai se juntar aos rebeldes. De uma capital a outra os fios gemem assustados: "A besta enlouquecida bolchevizou-se!", "Detenham-na!", "Vergonha!", "Não poupar esforços!", "Unamo-nos!". O caminho da torre fugitiva novamente é impedido por fileiras de tanques: e outra vez, sob golpes de aço contra aço, o colossal quadrúpede canta com voz de tinidos metálicos um hino terrível e selvagem; toda ferida e bicada pelos obuses, balançando a cabeça cheia de pontas, ela caminha, caminha, na direção do "para cá" cada vez mais próximo. No seu delírio, ela vê as bandeiras vermelhas, como papoulas num imenso campo humano. Ela tem a visão da ruidosa praça cercada por antigas muralhas denteadas — é lá que ela há de pousar seus pés de ferro e... e os exércitos destroçados recuam, liberando o caminho. Através dos crânios diplomáticos, a febril troca de informações: "Está escapando", "Deixaram passar", "Medidas extraordinárias", "Que fazer...".

"E eis que os perseguidores do gigante de aço, semipisoteados por suas patas, tentam atacar a agulha pontiaguda e fina do colosso; derrotados em terra, eles transferem a luta para as ondas de rádio: as antenas de Paris, Nova York, Berlim, Chicago, Londres, Roma, imitando as frequências, gritam de toda parte prolongados 'Para cá, para cá!...'. Elas prometem e atraem, insistem e mentem, abafam as vozes que vêm do leste e embaralham de todas as maneiras o caminho. A torre hesita, não consegue orientar-se em meio aos chamados, sua cabeça de aço está rodando: depois de caminhar alguns quilômetros para o leste, ela toma a direção do sul, muda novamente o itinerário e, perdida e sem forças no meio do turbilhão de sinais, às cegas, sem saber para onde nem para quê, ela segue os fios invisíveis das transmissões de rádio, que a levam para onde desejam. Por toda parte explode uma alegria sarcástica. As populações de povoados e cidadezinhas localizadas no caminho de retorno são evacuadas temporariamente para evitar um encontro com os pés de aço. Em Paris apressadamente nivelam a praça destruída em frente à Catedral dos Inválidos, e já está pronto o cerimonial de acompanhamento da torre domada. Mas no caminho, no encontro das fronteiras de três países, espremido entre as encostas das montanhas está, sereno e profundo, o Lago de Constança. Ao passar sobre o espelho azul, a gigante derrotada vê seu reflexo atravessado pelo sol, estendendo-se desde a margem e com a agulha mergulhada no fundo. Um tremor de desgosto sacode o metal sonoro. Num último paroxismo de cólera, rompendo os fios invisíveis das ondas de rádio, ela levanta suas patas pesadas, empina-se (pode imaginar?) e atira-se do alto dos terraços alpinos com a cabeça pontuda para baixo. Segue-se o estrondo das pedras rolando, de rochas se partindo, depois, de um desfiladeiro a outro, o retumbante ruído das águas esmagadas, e sobre o lago que transbordou, os pés de aço da suicida, enrijecidos no espasmo mortal. Eu queria lhe fazer um esquema, só isso, mas parece que me entusiasmei e..."

Como se tivessem terminado de interpretar o conto, os dedos desceram correndo pelo abotoamento do sobretudo e se enfiaram no bolso. Os olhos do narrador pareciam também buscar um refúgio. O ombro do sujeito corpulento esbarrou no meu ombro.

— É, se corrigir a trama, talvez... Tem apenas um detalhe absurdo no seu conto: o diâmetro do Lago de Constança é de noventa quilômetros, de modo que uma torre de trezentos metros não seria capaz de fazê-lo transbordar. Além disso...

— Além disso, as torres não costumam andar, não é verdade?

O homem de rosto fino riu e recostou-se no banco; agora, até a frente do seu sobretudo ficou escondida atrás da figura volumosa que nos separava, e sua voz, que soou novamente um minuto depois, parecia fraca e indistinta.

— Lá está outro tema. Lá, está vendo?

— Onde?

— Bem na sua frente. No quarto andar, a última cornija à esquerda. Meio metro abaixo da janela, sob as placas de cal. E então?

— Estou vendo uma saliência.

— É isso. Já vou lhe mostrar o tema. Não tire os olhos da saliência: lá está ele, com seus três pés de comprimento. Não pode saltar nem esquivar-se. Capturei mais um teminha.

O interlocutor, eu e até um par de óculos que surgiu de repente de trás de um jornal na outra ponta do banco, atraídos pela estranha brincadeira do desconhecido, pusemo-nos a procurar com os olhos a barra que chamara a atenção da cara pontuda. De fato, acima das árvores do bulevar, entre as janelas amontoadas umas nas outras de um prédio em reformas, viam-se fileiras de saliências estreitas e curtas na parede vertical.

— Isto é apenas o primeiro termo da adição; o segundo — para mim tanto faz — é, digamos, um gato. Um gato comum, vadio, de rua. E a soma: motivado por alguma coisa — alguém lhe atirou pedras, ou estava com fome —, ele sobe os zigue-zagues da escada e entra pela porta aberta de um apartamento, ou pode ser também de um escritório onde as pessoas de tal hora a tal hora... é isso — escritório —, assim é melhor. Chutam o gato, enxotam-no e, como reflexo do medo, ele pula para o parapeito da janela (totalmente aberta); de lá... para baixo, para essa saliência. Está pronta a exposição. Pensando bem, não faria mal — não nos custa nada — puxar as chaminés para cima e esticar esse prédio, em vez de quatro andares, trinta, e estreitar as ruas, cobrir o ar com a teia de aranha de fios e embaixo, no asfalto lustrado pelos pneus, fazer circular centenas ou milhares de automóveis e de homens de negócio, que andam apressados e com o olhar fixo no chão.

"Voltando: o gato sumiu, dois ou três pares de olhos que estavam prestes a notá-lo retornaram aos números e aos ábacos; fecharam a janela com estrondo; pouco depois, terminado o expediente, ouviu-se também o barulho das portas se fechando: o gato ficou sozinho na saliência estreita de tijolos enfiados na parede vertical. Ele está perto da janela de cima, mas não há espaço para o impulso e nem ponto de apoio — ir para lá é impossível: seria a morte. Saltar para baixo, de saliência em saliência, é inviável — é longe demais e ele não conseguiria se agarrar nas pedras — inevitavelmente morreria. Esticando os músculos com cuidado, o gato dá um passo colado à parede — por pouco não cai. Com os pelos eriçados, as fendas esverdeadas de suas pupilas apontadas para baixo, ele vê sob o ar enfumaçado manchas que se movem; aguçando o ouvido, escuta o burburinho incessante das ruas: é preciso esperar. Nosso gato, como eu já disse, não é dado a ronrons sentimentais; é um gato vagabundo, que já perdeu pedaços das orelhas nas brigas, com os flancos cavados de fome e o coração calejado pela vida: nosso herói não está assustado nem perdeu o autocontrole. Ele foi privado de todas as possibilidades, menos da possibilidade de dormir — perfeito: bem colado à parede ele fecha os olhos. Aqui poderíamos incluir os sonhos do gato pendurado no trigésimo andar, a duas polegadas da morte. Mas vamos em frente. O frio da noite, ou talvez também a fome, descolam suas pálpebras: embaixo há um montão de luzes, algumas imóveis, outras em movimento. O gato tem vontade de desentorpecer as patas, alongar a espinha, sabe como é, mas não tem espaço. Alargadas no crepúsculo, as pupilas do pobre vagabundo imobilizado vagueiam pelas paredes: por toda parte, manchas amarelas das janelas. Naturalmente, o gato não sabe que atrás de uma delas estão discutindo sobre a estrutura política da Europa, como ela será daqui a cem anos, nem que, atrás de outra, estão escutando uma palestra sobre uma religião que está na moda, surgida em Boston; ou que atrás de uma terceira, há pessoas silenciosas junto a um tabuleiro de xadrez, e atrás de uma quarta... mas para o gato (mesmo que eu informasse a ele tudo isso por meio de um truque beletrístico), para o gato isso não serviria de nada: ele só tem debaixo de suas patas um degrauzinho de tijolos e sair dele em qualquer direção é a morte. O gato é esperto e tenta de novo esconder-se atrás de suas pálpebras, refugiar-se nos seus sonhos, mas o frio da noite penetra no seu pelo arrepiado, estica sua pele e não o deixa dormir. Uma após outra, as janelas se apagam. Do alto caem alguns chuviscos, mas em seguida despenca um aguaceiro gelado: a pedra molhada quer fugir de sob as patas, o gato, tremendo, cola o corpo na parede e grita, mas a tempestade bate com estrondo sobre os telhados e corre aos borbotões pelas calhas: o grito do miserável mal chega aos seus próprios ouvidos. Depois ambos silenciam — a tempestade e o gato. Nos andares inferiores apagam-se as últimas janelas. Os telhados polidos como espelhos refletem o rosado da aurora.

"De novo o sol, rolando sobre o azul, arrasta atrás de si o dia. Abrem-se as cortinas. Lá de baixo, do buraco de pedra, ouvem-se apitos, batidas, tinidos e alaridos da multidão. Um transeunte, levantando casualmente a cabeça, vê um ponto negro lá no alto, perto do telhado; ele aperta os olhos atrás dos óculos: 'Que será aquilo?', mas o ponteiro de minutos do relógio obriga-o a seguir seu caminho. É meio-dia. Dois garotinhos que passam agarrados aos dedos magros da governanta, um de cada lado, saem para passear; de boca aberta, eles percorrem com os olhos os fios elétricos, as paredes e cornijas: 'Missis, que é aquilo?'. 'Olhem onde pisam!' E os pequenos aprendem com os grandes a olhar onde pisam.

"O sol secou o pelo do gato, que ficou grudado, como farrapos. A fome, cada vez mais feroz, dá um nó nas suas entranhas. Ele tenta outra vez gritar, mas de sua boca seca

O marcador de página

sai um sussurro em vez de voz. O sol quente fecha suas pálpebras, mas em seguida ele é despertado pelos pesadelos: pendurando a cabeça, o gato vê o fundo da rua se movendo e vindo em sua direção, cada vez mais próximo; ele retesa os músculos, pronto para saltar e... acorda — o fundo de asfalto despenca para baixo, como um elevador cujos cabos arrebentaram e que cai do trigésimo andar.

"Anoitece novamente. E novamente os quadrados amarelos das janelas. E atrás de cada uma delas, as conversas intermináveis, os problemas, os marcadores de página que esperam pacientemente seu par de olhos. Outra vez a noite alta — a cidade fica silenciosa e as calçadas se esvaziam. O gato solitário, com a orelha colada na pedra, ouve o zumbido surdo dos fios elétricos estendidos entre ele e o asfalto.

"De novo a madrugada. Na cornija vizinha — a três metros de sua boca — alguns pardais começam a chilrear. O gato engole a saliva e com a vista embaçada observa os alegres passarinhos. Os pardais deixam a cornija e mergulham no ar.

"É de manhãzinha. Três andares abaixo, uma janela aberta deixando entrar os raios do sol; uma mão ainda hesitante toca — digamos — o *Conto de fadas* de Medtner, ou, melhor ainda, um prelúdio coral de Bach, majestosa e tranquilizante combinação contrapontística. Mas para o gato, que importa isso? Ele só conhece a música de uma lata de sardinhas amarrada no seu rabo — Bach lhe é indiferente e a catarse (desculpem-me) não ocorre. Ainda mais que, de repente, levanta uma ventania e bate a janela, pondo fim à harmonia. Esse vento matinal, é preciso que o senhor saiba, começa como uma brisa ligeira que vem do mar e de repente se transforma num vendaval. É esse o caso: a princípio o vento acaricia os tufos de pelos grudados do gato, mas depois, com mais energia, tenta arrancá-lo da cornija. O gato não tem mais forças para lutar. Fixando seus olhos embaçados, ele agarra a pedra com suas unhas já fracas. Mas o vento, agitando o ar, arranca suas patas do lugar, suas garras soltam-se das saliências e o gato cai. No seu caminho estão os fios da rede elétrica, agitados pela ventania: por um minuto eles aparam o corpo e o embalam terna e cuidadosamente de uma parede a outra; depois as alças de ferro se afrouxam, soltando o corpo, que cai no asfalto. Os pneus dos carros passam sobre o cadáver, depois chega a carroça da limpeza pública — e nosso tema passa para a pá de ferro e finalmente vai parar no lixo. Lugar onde atiram hoje quase todos os temas, se são mesmo... *temas*."

O sujeito a quem a narrativa era dirigida tirou a perna direita de cima da esquerda e colocou a esquerda em cima da direita, o que pouco se parecia com uma reação. Na outra ponta do banco, os óculos, que com toda a atenção acompanharam a história do gato, retiraram-se bruscamente — e logo outro par de olhos ocupou o seu lugar, escondendo-se em seguida atrás de uma capa de livro colorida.

Atento à conversa não notei o início do crepúsculo. Começou a soprar um vento frio, que vagava de uma parede a outra, agitava as folhas, levantava poeira dos caminhos. De algum lugar — talvez do prédio em obras — caiu perto de nós uma apara de madeira: girando agilmente sobre suas espirais, a apara atravessou a aleia do bulevar e foi parar a alguns passos do nosso banco. Imediatamente vi o rosto atento do caçador de temas olhando para o lado daquele objeto encaracolado e leve como uma pluma. Ele franzia os olhos ternamente, enquanto olhava.

— Olha aí, esta também. Se desenrolarmos seus caracóis e olharmos bem, veremos que não está vazia: há material para uma novela de pelo menos umas dez páginas. E nem é preciso procurar um título complicado, pode ser "A apara de madeira". E depois, é só ir com cuidado, desenrolando uma espiral de cada vez — seria mais ou menos assim: um operário, um marceneiro, rapaz ainda jovem chamado, digamos, Vaska Tiânkov. Gosta do seu trabalho e conhece-o bem. Tudo que cai embaixo do seu machado e de sua plaina, ele faz bem-feito e sólido, com toda a boa vontade. Mas acontece que sua aldeia é muito pobre. A vontade de trabalhar lhe dá comichões nas mãos, e volta e meia ele vai à cidade, faz uns biscates e volta. Na ida, leva uma caixa de madeira com seus formões, plainas e um machado. Na volta, por baixo das ferramentas vêm, digamos assim, passageiros clandestinos: maços de panfletos e volantes. Em uma palavra: os encontros na cidade a princípio lhe tomam o lazer, depois vêm outras coisas. Os acontecimentos se precipitam. Fevereiro — julho — outubro. O Partido sai da clandestinidade, toma o poder. O marceneiro Vaska, há muito já transformado no camarada Vassíli, troca sua caixa de ferramentas com cadeado por uma pasta de couro cheia de papéis, com um fecho de aço. Ele vive atolado no trabalho: carros o transportam de uma reunião a outra, ao seu redor soa o tempo todo o barulho de máquinas de escrever e de telefones tocando: "É imperativo", "É urgente", "É inadiável". O camarada Vassíli não encontra tempo para dormir, suas pálpebras estão inchadas, nos seus dedos cresceu um lápis: relatórios, resoluções, congresso, viagem, chamada urgente. Muito raramente, como através da neblina, ele timidamente sonha com a fumaça subindo das casinhas da aldeia, com o sussurro do centeio maduro... e novamente o ruído do fecho da pasta abrindo e fechando, "ouvimos — deliberamos", e o lápis entre os dedos.

"E eis que um dia (estou usando a palavra mais comum, familiar: 'um dia') um telefonema oficial interrompe seu sono, obrigando-o a meter seus pés nas botas. Com a pasta debaixo do braço, ele desce correndo a escada. Um carro buzina impaciente à entrada do prédio. Tiânkov empurra a porta com o pé — e vê, vindo ao seu encontro, tocada pelo vento frio da manhã, uma apara de madeira, leve, encaracolada como um cacho de cabelo e agradavelmente cheirando a resina. Tiânkov dá uma olhada para os lados: ninguém (o chofer está às voltas com o capô). Inclina-se depressa — e a leve espiral enrosca-se no seu dedo e dali vai para dentro da pasta. O capô é fechado, a porta do carro trancada e o automóvel — de reunião em reunião, da porta de um prédio à porta de outro prédio. Relatório, opinião pessoal. Outro relatório. Alguém vem com números e mais números. Tiânkov também quer apresentar seus números, abre num gesto rotineiro sua pasta e corre os dedos pelas capas dos processos, mas lá está, novamente, o cachinho encaracolado e macio. Imediatamente sobe pelos seus dedos uma sensação que a vida parecia ter apagado: entre o polegar e o indicador, o cabo da plaina, o sussurro suave das aparas que escorregam devagar sobre a mão, enroscando-se em cachinhos, com perfume de madeira e resina. O camarada Vassíli vai retirar a mão, mas já é tarde demais: a partir dos dedos, através dos fios dos nervos até o cérebro — um pontilhado de quentes espetadelas; no ouvido, o ruído de um torno invisível, sob seu cotovelo treme uma tábua rugosa — seus dedos sentem novamente a velha comichão. Funcionário responsável, Tiânkov (o senhor entende?) tenta segurar o lápis, mas seus dedos se recusam e reclamam o que é seu. A apara de madeira está firmemente enroscada no seu dedo indicador, como uma aliança. Não só a mão, mas também o braço, o ombro, o corpo todo, encolhido e tenso, chamam por aquele antigo trabalho, que durante anos penetrara no sangue e nos músculos, e do qual foram violentamente separados. Em resumo: o aldeão Vaska novamente exige seu direito à vida. Ele se calara durante anos e anos, teria continuado calado, mas a pequena apara de madeira... Ei, veja, lá vai ela..."

O banco inteiro olhou para o lado que o dedo apontava: a apara de repente rolou sobre suas espirais, como se estivesse cansada de ouvir, e atravessou a aleia, empurrada pelo

O marcador de página

35

vento. Parecia que o vento tinha levado também a narrativa. Mas o silêncio não durou nem um minuto.

— Vá com Deus. Certa vez — continuou pensativamente o dono da voz, como se falasse para si mesmo —, achei um carregador de fuzil. Não tinha nada de especial — um carregador enferrujado pela chuva. Estava perto daqui, neste bulevar. Ele ficou enterrado na areia, provavelmente desde aqueles anos em que nós, sabe, conversávamos uns com os outros com a linguagem dos tiroteios. Agora, de repente... ele reaparece. Bem, eu o compreendi no mesmo instante. No mesmo instante. Pois o que pode dizer um carregador: cinco balas — uma atrás da outra — cinco trajetórias, em cinco alvos. Isto estava parecendo o esboço de um enredo semelhante ao do conto de Andersen "As cinco ervilhas", ou do nosso conto popular russo sobre o príncipe e as três flechas... Não tenho culpa se as balas são mais atuais do que as idílicas ervilhas. Então, eu achei cinco vidas, cinco novelas no carregador, e tentei... mas isso não lhe interessa.

O lúgubre interlocutor não protestou. Um minuto depois, atrás de nós passou um bonde rangendo nos cabos, retinindo e gemendo.

— Ou então esta: se alguém quiser escrever sobre um dos suicídios das grandes cidades — tema antigo, mas ainda não gasto —, o título está bem aqui, a vinte passos de nós, preto no branco. É só virar e copiar.

O homem a quem ele se dirigia não se moveu, mas eu virei a cabeça e vi logo o tal título — de fato, preto no branco, sob três luzes vermelhas, numa placa pendurada no ar.

— Sim, é isso mesmo — deixou escapar a cara pontuda; e de repente ele tombou para a frente, apoiando os cotovelos nos joelhos. — Se eu alguma vez quisesse escrever sobre uma dessas pessoas que metem o pescoço num nó de corda ou numa lâmina afiada, eu daria um título arquiprosaico e urbano: "Parada facultativa". É. E tendo-se um bom título, daí se tira todo o texto, como se tira um casaco do gancho. Pois para mim, os títulos são as primeiras palavras do conto, as que devem puxar atrás de si todas as outras, até a última. Mas, quanto a isso, cada um tem seu método. Pois é — continuou ele, elevando de repente a voz e passeando o olhar pelos quadrados das janelas que se iluminavam ao encontro da noite —, dizem que não há temas, que vivemos uma carência de temas, só faltam sair com cães farejadores à caça de um enredo, para cada nova história se organiza uma batida, com todo mundo participando e, no entanto, não há como fugir nem se esconder desses malditos temas, que o diabo os carregue. Eles são como grãos de poeira num raio de sol, ou, melhor ainda, como mosquitos num pântano. Temas?! Vocês dizem que não há temas. Pois meu cérebro está todo crivado deles. Sonhando ou acordado, em cada janela, em todos os olhares, fatos, coisas, palavras — lá estão eles, como enxames — e todos, até o menorzinho, faz de tudo para me espetar com seu dardo. Com seu dardo! E vocês dizem que...

— Eu, pessoalmente, fico calado. E acho que tudo isso é afirmação gratuita. Nós temos escritores...

— *Escritores*? — A barbicha deu uma sacudida nervosa. — Eu diria: repetidores. Do que o senhor disse, aproveita-se a rima. Eu iria mais longe: são raptores. Pois como é que hoje em dia se procura um tema? Uns ficam atrás deles nas escadas das prateleiras das bibliotecas — os espertalhões capturam os temas ali mesmo, nas lombadas. Mas estes não são os piores: há os que arrancam uns das mãos dos outros; ou ficam pedinchando no balcão da editora estatal; ou então pilham o mercado negro literário. Ficam fuçando todos os cantinhos até descobrirem um tema — só não lhes vem à cabeça olhar para dentro... da própria cabeça. Ah! Se neste quadro de avisos estivesse escrito em vermelho com letras garrafais: "Sala das Colunas da Casa dos Sindicatos: A Inexistência da Literatura". Oh, eu os...

O marcador de página

Sua voz de repente se tornou tão aguda que dois ou três transeuntes viraram a cabeça em nossa direção e diminuíram o passo. O corpulento ouvinte moveu os joelhos e desgrudou as costas do banco. Justamente nesse instante acenderam-se as lâmpadas elétricas fortes e amarelas dos postes, e seu rosto exprimia algo entre repulsa e embaraço. Mas o caçador de temas agarrou com as duas mãos o ombro e o cotovelo do interlocutor, como se este fosse um tema ainda mal delineado, mas digno de ser trabalhado. O tema fez uma tentativa de puxar o braço e resmungar alguma coisa dentro de sua gola, mas a voz do caçador de temas, saltando de um agudo falsete para um sussurro grave e suplicante, procurava segurar o esquivo cotovelo.

— O senhor diz: "afirmação gratuita". De maneira nenhuma: nós, escritores, escrevemos nossos contos, mas o historiador da literatura, aquele que tem o poder de deixar ou não deixar entrar para a História, de abrir ou bater a porta, ele também quer, compreende, quer escrever sobre o que foi escrito. De outro modo, ele não tem saída. É por isso que aquilo que pode ser resumido em dez palavras, aquilo que é fácil de narrar, consegue penetrar na porta, e os escritos que não podem apresentar alguma coisa, permanecem... no nada. Por exemplo, tente, meu caro...

— Não tenho tempo.

— Melhor ainda. Como eu estava dizendo, rapidamente tente resumir em duas ou três palavras o sentido, extrair a essência, por assim dizer, de qualquer das obras literárias atuais, que não são nem carne nem peixe, ou, se preferir, são carne e são peixe. Então, pode falar. Escolha uma e diga com três palavras. Estou esperando. E aí, não é capaz? Pois é, agora ponha-se no lugar do futuro historiador: ele, coitado, provavelmente também não conseguirá.

Perdendo repentinamente o interesse pelo interlocutor, o caçador de temas, com um movimento brusco, virou-se para o lado direito. Na ponta do banco, com um dedo entre as páginas de um livro lido até o meio, o ouvido atentamente sintonizado, estava sentada uma segunda testemunha silenciosa daquela discussão. O homem abandonara havia muito a leitura e, pelo visto, escutava. Seu rosto estava enrolado num cachecol na parte de baixo, e sombreado na parte de cima pela aba do boné.

A capa colorida do livro nos joelhos do vizinho da direita imediatamente atraiu o olhar inquieto do caçador de temas.

— Veja só! Estou reconhecendo: é a tradução do *Bunk* de Woodward. É interessante, não?

A aba do boné fez a sombra descer e subir em sinal de afirmação.

— Está vendo?! — inflamou-se de novo o rosto comprido. — O senhor foi fisgado. Pelo quê? O senhor não leu? Não? — perguntou ele por sobre o ombro. — Pois vejamos. A ideia é a seguinte: desabsurdizar o monte de absurdos de que é feita a vida. A trama é: um certo escritor está escrevendo um romance e descobre que um de seus personagens desapareceu. Escapou de sua pena e sumiu. O trabalho fica parado. Certa vez, indo casualmente dar uma espiada num sarau literário, o escritor, atônito, dá de cara com seu personagem. Este quer escapulir, mas o escritor, me parece, agarra-o pelo ombro e pelo cotovelo, assim — e lhe diz: "Escute, aqui entre nós, você não é humano, e sim...". Como resultado, ambos decidem daí para a frente não mais se atrapalharem mutuamente e se dedicarem integralmente à causa comum — o romance. O autor apresenta ao herói uma pessoa importante para o desenrolar da trama. Esta pessoa, por sua vez, apresenta-lhe uma encantadora mulher, pela qual o personagem logo é tomado de uma paixão devoradora e funesta. Os capítulos seguintes do romance que se cria dentro do romance imediatamente começam a escorregar para todos os

O marcador de página

lados e a entortar, como as linhas datilografadas com o papel frouxo na máquina de escrever. O autor, sem receber material do personagem, que estava inteiramente ocupado com seu amor, exige que ele rompa com a mulher. O personagem o evita, procurando ganhar tempo. Finalmente o autor, fora de si, exige (a conversa se dá pelo telefone) que o personagem se submeta imediatamente à sua pena, ameaçando-o, no caso de... mas o personagem simplesmente desliga o telefone. Fim.

Durante uns dez segundos, o caçador de temas, com um sorriso maroto, quase infantil, examina as nossas caras. Depois uma ruga cruza sua testa e a barbicha se enrola nos seus dedos.

— Não, o fim, não. Esse não é o desfecho apropriado. Vamos ignorar o ponto final. Eu faria assim... Hum... Vejamos, vejamos. É isso: nada de telefone, cara a cara. O autor exige — o personagem se recusa. Segue-se um bate-boca, até... um desafio. Eles lutam. O personagem mata o autor. Sim, sim, não pode ser de outra maneira. Então ela, aquela que o homem fictício tentava em vão conquistar, ao saber que ele se batera em duelo por ela, vai procurá-lo pessoalmente. Mas agora o personagem não pode nem amar, nem não amar, não pode mais nada: sem o autor, ele não é nada, é um zero. *Punctum*. Um final assim, parece-me, seria mais convincente. Embora...

O locutor interrompeu bruscamente sua fala, fechando-se em si mesmo repentinamente e, sem olhar para ninguém, levantou-se e foi caminhando ao longo da aleia. Então algo ainda mais inesperado aconteceu: seu interlocutor, que parecia buscar um ensejo para se livrar do fantasioso ficcionista, imediatamente, como se estivesse amarrado nele, ergueu os ombros e docilmente foi se arrastando atrás dele.

O meio do banco ficou vazio. O homem na ponta folheava pensativamente as últimas páginas do seu livro, conferindo, ao que parecia, o que acabara de ouvir. Depois olhou para mim. Provavelmente nós teríamos entabulado uma conversa, mas nesse momento, no lugar vago entre nós, veio sentar-se uma mulher. Para começar, ela empoou o nariz, depois pediu um cigarro. Tanto eu como o sujeito com a boca enrolada no cachecol nos demos conta de que chegara a hora em que não se usa falar de literatura no Bulevar Tverskói. Com um aceno de cabeça, nos separamos: eu, para a esquerda, ele, para a direita.

III

Meu segundo encontro com o caçador de temas aconteceu de maneira igualmente inesperada: a dois passos de minha casa, meu cotovelo roçando o dele. Ele caminhava distraído e levantou os olhos perplexo quando sentiu a mão de alguém tocá-lo intencionalmente.

— O senhor deve estar me confundindo com alguém, ou...

— Não. Eu interrompi sua caminhada para me oferecer como personagem. Ou o senhor não aceita pessoas como eu? Nesse caso, peço que me desculpe.

Com um sorriso confuso, ele me examinou, ainda sem me reconhecer totalmente. Recordei-lhe: o banco no bulevar — o duplo final do romance — a série de temas. De repente ele balançou a cabeça alegremente e me deu um amigável aperto de mão. Eu estava acostumado: as pessoas que vivem apartadas das coisas, cercadas de fórmulas e fantasmas, alheias às convenções da vida, tornam-se amigas e deixam de sê-lo instantânea e totalmente.

Comecei a falar, trocando a brincadeira pelo tom sério, enquanto caminhávamos lado a lado, como velhos conhecidos, indo não me recordo aonde, provavelmente a lugar nenhum.

— A mim interessa a sua acusação de falta de temas. Quem ou o quê está no banco dos réus nesse caso: somente a literatura de hoje em dia ou...?

Ele deu um sorriso.

— Num banco, e, pelo que me lembro, dos mais comuns, estávamos sentados o senhor e eu; eu falava, o senhor ouvia. E tudo conduziu a uma constatação, não a uma acusação. Além do mais, a "literatura de hoje em dia", como o senhor a chama, não é culpada, ou quase não é culpada, de coisa alguma.

— Nesse caso, eu não compreendo...

— Não é culpada — repetiu teimosamente meu companheiro — porque... Sim, a propósito, numa velha revista inglesa, eu vi certa vez uma caricatura: a menina e a diligência. Era assim: no primeiro desenho, a menina, com uma cesta na mão, queria alcançar a diligência que já estava partindo; mas, para conseguir subir no alto degrau, ela teve de colocar a cesta no chão; já em cima do degrau, a menina se volta para pegar a cesta, mas a diligência tinha começado a andar; então, pelo segundo desenho, a pobrezinha, que tinha saltado do veículo, corre para a sua cesta e volta correndo atrás da lenta e pesada diligência. Alcança novamente o degrau, e desta vez, ela coloca primeiro a cesta. Mas, enquanto ela fazia isso, a diligência ganhou velocidade, e a menina — terceiro e último desenho —, cansada e sem fôlego, senta-se na estrada e chora desesperadamente. O que eu quero dizer é que a diligência da literatura não espera, e por isso, nas atuais circunstâncias, não há como alcançar o degrau em movimento: se o próprio poeta saltar dentro da literatura, verá que a poesia ficou para trás, fora da literatura; se a poesia alcança o degrau, alcança o nível artístico, o poeta, excluído e renegado, fica absolutamente fora de tudo. O senhor, naturalmente, não concorda.

— É, dificilmente eu poderia concordar. Mas esse nosso

encontro é importante para mim não para polemizar, e sim para lhe fazer perguntas. Diga-me: o que acha do tempo em que nem atrelavam cavalos à sua diligência?... Ou seja, da poesia anterior, de antes da revolução?

Ele deu de ombros, indiferente.

— Nunca penso no passado, só no futuro. Mas, se o senhor tem um interesse especial nisso... embora eu receie parecer incoerente e não responder à pergunta...

— Fale.

— Veja: certa vez, antes do, digamos assim, grande tremor de vida, tive a oportunidade de conhecer um advogado provinciano — colarinho amassado, esposa, filhos, fraque ensebado —, mas sobre sua pasta já meio rota havia uma correntinha feita de letras prateadas, presa por parafusinhos de metal: "Com a palavra inflame o coração dos homens".[2] É isso. Se não está claro, vou tentar...

— Está claro.

— Naturalmente — continuou meu companheiro, acelerando as palavras —, naturalmente o advogado já debandou há muito tempo, levando tudo o que tinha, mas sua pasta, a da "Com a palavra inflame", e os parafusinhos, se salvou. Pelo menos parece que eu a encontrei uma ou duas vezes. É verdade que não pude fazer o reconhecimento definitivo: em ambas as vezes, ela estava debaixo de pilhas de papéis e capas de cartolina. Mas havia algo familiar na expressão dos seus cantos desbeiçados... numa palavra: ao vê- -la, o choque foi imediato — é ela.

— O senhor é estranho — disse eu, sem poder evitar um sorriso —, mas termine de contar. Onde foi que aconteceram esses encontros misteriosos com a velha pasta?

— A última vez, imagine, foi outro dia mesmo. No ga-

---

[2] Último verso do poema "O profeta", de Púchkin. (N. da T.)

binete de um dos mais eminentes redatores. Ao lado do lápis vermelho e do bloco de anotações. É verdade. Por que o senhor está rindo?

Mas no instante seguinte ele mesmo deu uma risada, entortando a boca e repuxando as sobrancelhas, como uma criança. Os transeuntes carrancudos procuravam desviar-se de nós. Dei uma olhada ao redor: estávamos num cruzamento vagamente familiar; as atentas vigias de pedra do pequeno campanário de uma igreja; uma relva murcha entre as pedras do calçamento; em alguma parte mais distante, atrás das fileiras de casas baixas, ouvia-se em surdina a vibração das cordas da cidade.

Nós não combinamos nada — a própria conversa nos levou para o silêncio e o sossego dos arrabaldes. Eu fui o primeiro a voltar ao assunto:

— Quer dizer que o senhor esteve lá, junto dos blocos de anotações. E os seus temas, também?

— Também.

— Qual foi o resultado?

— Devs.

— Como?

— Bom... Nos cantinhos de todos os meus manuscritos eles escreviam: Nº e Dev.: Devolver. Uma coleção de Devs.

— O senhor fala como se quisesse colecioná-los de propósito...

— Veja, no princípio, claro que não. Depois, quase que virou isso mesmo. Passou a me interessar não se "aceitam ou recusam", e sim, "como vão recusar". Essas pessoas, proprietárias da pasta do pobre advogado de província, com seu modo de falar, de marcar e remarcar prazos, de argumentar, fazer anotações a lápis nas margens, de ver o mundo com condescendência, de se rebaixar quando falam ao telefone, de semicerrar os olhos quando fitam o postulante, ajeitando seu *lorgnon* especial que, sem ser preciso trocar as lentes, tornam o seu proprietário ora míope, ora hipermétrope, dependendo da importância do nome ou do grau de anonimato do interlocutor — essas pessoas pouco a pouco se transformaram para mim em um tema. O senhor compreende que depois disso eu passei a encarar os encontros com eles de um ponto de vista puramente prático, pois enquanto eu não estudo um tema até o fundo, não identifico os estímulos que o movem, colocando nisso toda a minha capacidade, eu não sossego. Nunca. É, os redatores ainda vão ter que lidar com meus manuscritos, pois essa é a obrigação deles, e ao mesmo tempo, com o meu olhar, até que eu os aprisione sob minhas pestanas. O senhor precisa saber que ao chegar a Moscou (isso foi há uns seis anos), eu topei diretamente com o dorso gigantesco e íngreme da revolução. Nas paredes que haviam perdido parte de seus tijolos, a rubrica espaçada dos projéteis e as tintas respingadas dos *slogans*... Portas pregadas com tábuas. Lembro-me que quando ia para a minha primeira editora, no caminho, num dos bulevares distantes, havia um banco de jardim tão expressivo (nunca mais me esqueci disso) — o encosto estava atirado para trás, como se o banco tivesse desmaiado, e uma das pernas, como num acesso de cãibra, espetada indecorosamente para cima. Eu propus aos editores um livro de contos. Querem o título? É muito simples: "Contos para os riscados".

— E o redator?

— Com um breve "não serve", ele empurrou o original para longe sem dar nem uma olhada no texto. Numa outra editora, minha pasta foi junto com outros originais que davam entrada, mas voltou junto com os despachados... Na terceira... Mas isto é aborrecido. Lembro-me ainda deste caso: no alto de um dos meus manuscritos estava escrito a lápis: "Psicologização". Só uma vez eu topei com uma certa lucidez. Foi quando, após folhear meus originais, o homem atrás da mesa do redator fixou em mim suas pupilas aguça-

O marcador de página

das como pontas de lápis e perguntou: "O senhor está entre os riscados ou entre os riscadores?". Confesso que não esperava tal pergunta e dei uma resposta terrivelmente idiota: "Não sei". O homem estendeu-me o manuscrito, dizendo: "O senhor deveria se informar sobre isso o quanto antes — por via indireta, talvez. Não acha?". Fiquei vermelho e me levantei, mas o redator, com um gesto de mão, me fez parar: "Um momento. O senhor tem uma pena. Mas uma pena precisa ser contida por uma caneta, e a caneta, pela mão. Seus contos são... bem, como vou dizer — prematuros. Esconda--os. Que esperem. Mas uma pessoa com capacidade para riscar nos conviria. O senhor nunca tentou a crítica? Algo como a reavaliação dos valores, o senhor entende. Tente, vou ficar esperando".

Saí confuso e perturbado. Aquele homem que ficara atrás da porta tinha alguma coisa que desconcertava. Lembro-me de que a noite inteira eu resmunguei comigo mesmo, sentindo sob meus cotovelos um tema duro estendido ao longo de toda a nossa vida. E minha pena, tão logo enfiou seu bico na tinta, escreveu: *Animal disputans*.[3] Esse era o título. Depois vinha... pode ser que nada disso lhe interesse?

— Fale.

— O título e o ponto de partida eu tirei de um livro velho e esquecido do humorista dinamarquês Holberg. Esse livro, cujo título, me parece, é *Nicolai Klimii iter subterraneum*,[4] descreve as aventuras fantásticas de um viajante que foi parar, não me lembro como, no interior da Terra. Com assombro, ele descobre uma raça que vive dentro do planeta, debaixo de sua crosta, como se estivesse dentro de uma garrafa hermeticamente arrolhada. Essa raça possuía seu Estado,

---

[3] "Animal que discute", em latim. (N. da E.)

[4] *A viagem subterrânea de Niels Klim* (1741), romance fantástico do escritor escandinavo Ludvig Holberg. (N. da T.)

costumes, cultura e tudo o mais, também hermeticamente fechados. A vida dos intraterrestres, que em épocas remotas fora cheia de guerras e discórdias, agora, isolada de tudo, escondida debaixo de uma crosta de muitas milhas de espessura, pouco a pouco foi se ajeitando, harmonizando, entrou nos trilhos, foi endurecendo e se imobilizando. Todos os problemas dos arrolhados foram resolvidos de uma vez por todas, tudo estava organizado com a aprovação geral. Apenas, como rememoração das antigas e barulhentas guerras, conta Niels Klim — ouça como isso é emocionante —, nos palácios dos magnatas mais eminentes e ricos do país são mantidos, alimentados e educados, alguns exemplares do *Animal disputans*. Na realidade, não há sobre o quê discutir num país isolado, onde tudo está resolvido e preestabelecido *in saecula saeculorum*, mas os disputantes, especialmente treinados e mantidos numa dieta especial que irrita o fígado e o nervo sublingual, artificialmente açulados, discutem até ficarem roucos, com a boca espumando, sob a risada geral e a alegre estimulação dos amantes da antiguidade... Eu não estabeleci paralelos diretos, mas ele, o homem de olhos semicerrados atrás da mesa do redator, imagine o senhor, entendeu tudo imediatamente — e logo nas primeiras linhas.

— Não é de admirar. E o senhor não o viu mais, não é?

— Não, pelo contrário. Ele até fez um elogio: é um texto vigoroso, aguçado, mas... e aí começou a falar macio, batucando com o lapisinho na mesa, começou a se culpar: que ele era um velho funcionário e não atinou. "O senhor não serve para acusador — disse o safado, batendo com o lápis. — Por que não tenta defender uma ideia, uma fórmula social ou um típico representante de classe, sabe como é, não tenho muita esperança, mas..." "O senhor pensa — reagi com ardor — que eu vou defender qualquer coisa?" "De jeito nenhum — respondeu ele, e o *Animal disputans* já estava deslizando pela mesa de volta para mim —, o senhor

O marcador de página

47

tem toda a liberdade para escolher o tema, isto é evidente. Até logo." Que fazer! Fui embora e uma semana depois voltei com outro manuscrito. Seu título era: "Em defesa de Rocinante".

— Um título estranho.

— Mas ele, o meu redator de olhos semicerrados, não se espantou. A ideia do artigo era extremamente simples. Eu dizia que a História havia dividido os homens em duas classes: os que estão sobre e os que estão sob — sobre a sela ou sob a sela, os Dons Quixotes e os Rocinantes. Os Dons Quixotes galopam em busca de seus alvos fantasticamente belos e também fantasticamente distantes, diretamente para a ideia, o ideal e o *zukunftstaat*;[5] e a atenção de todos, começando por Cervantes, se fixa neles e só neles. E ninguém se importa com o estafado e chicoteado Rocinante: as rosetas das esporas de aço passeiam pelos seus flancos ensanguentados, as costelas dançam com as apertadelas dos joelhos e da barrigueira. Já é tempo, não é de hoje, de o rocim que carrega nas costas a História escutar alguma coisa além de gritos e incitamentos. Em seguida, desenvolvendo meu tema, eu passei a...

— Mas, e seu redator? — interrompi.

— Bom, ele não tinha alternativa. Ao receber de volta meu manuscrito, ouvi: "Tão cedo não nos veremos. Receio que nunca mais". Dei um passo em direção à porta, mas a poltrona atrás da mesa se moveu. Virei: ele estava de pé e me estendia a mão. Nós nos apertamos calorosamente as mãos e eu senti que aquele homem, apesar do abismo que nos separava, me era próximo... mais próximo que alguns dos meus próximos. Nós, é claro, não nos veremos mais. E sabe-se lá quantos como eu ele encontrou depois!

Por um instante, ele interrompeu sua narrativa. Ao nos-

---

[5] "Estado futuro", em alemão. (N. da T.)

so redor estendiam-se terrenos vazios e hortas. Distante, ao longo do aterro, saía da chaminé de uma locomotiva uma fumaça branca em extensos rolos encaracolados.

— Existe um costume muito ingênuo — recomeçou o meu companheiro — de se deixar um pires com água limpa na janela: é para que uma alma atormentada possa se lavar e continuar seu caminho de purificação. Mas não me foi dado mais ver nem janelas, nem pires purificador. Durante dois anos eu não pedi nada aos donos das pastas. Não abandonei o trabalho, porque... sabe, Fabre descreveu uma coisa interessante: as vespas selvagens, mesmo se alguém fura sua colmeia, continuam o seu trabalho; o mel escorre pelos buracos e as bobas continuam a produzir mais e mais.

"Minha vida se tornava cada vez mais difícil. É verdade que arenques secos e cebola crua são baratos, mas não sustentam. A perseguição aos copeques que escapuliam me levaram àquela casa com muitas portas numeradas e escadas íngremes como a vida. Um dos diretores a quem me dirigi para pedir trabalho era um homem amável e prestativo. 'Os temas de grande responsabilidade — disse ele — vão ter de aguardar, cada coisa a seu tempo. Mas os grandes homens estão à disposição, se quiser.' Ditas essas palavras, ele tirou da pasta uma folha de papel: havia uma coluna de nomes, quase todos riscados ('para os riscados' — pensei). O diretor coçou a testa, aborrecido: 'Esses rapazes já passaram a mão em toda a série! Mas espere, por favor, tem um aqui escondidinho. Não quer? É este aqui: Bacon. Se quiser, é seu. Quarenta mil toques. Literatura de massa. Vou riscá-lo...'. E o diretor avançou de lápis em punho para Bacon, mas eu o fiz parar: 'Sobre qual Bacon devo escrever?'. 'Como sobre qual!? — admirou-se o bonachão. — Só tem um Bacon, escreva sobre ele.' 'Dois.' 'Mas por que o senhor está criando caso?' 'Não estou criando caso nenhum, são dois, Roger e Francis.' O rosto do redator ficou sombrio por um instante. 'Está bem

O marcador de página

— disse ele com um abano de mão —, que sejam dois. Escreva: *Os irmãos Bacon*. Sessenta mil toques.' 'Mas, desculpe — insisti —, que irmãos, se um era trezentos anos mais velho que o outro?' O rosto do diretor perdeu o ar amável: ele se levantou de chofre e atirou: 'Vocês são sempre assim. A gente quer ajudar, e vocês... Pois saiba: nem um, nem dois. Para o senhor, nenhum!'. Num acesso de raiva ele riscou o nome do grande empirista, fechou a pasta e saiu por uma das portas. Só me restava sair pela outra.

"Não precisamos percorrer toda a minha *via crucis*. Vou contar só mais uma de minhas provações e basta. Certa vez uns amigos me muniram de uma carta de recomendação para um dos grandes *experts* em jornalismo. Eu imaginei por um momento que na correnteza rápida desse tipo de atividade eu desencalharia mais facilmente. O jornal a que pertencia esse especialista era, naturalmente, vermelho, mas o jornalista era vermelho com manchas amarelas. Entramos em acordo sobre uma série de artigos satíricos sobre temas medulares, 'que sensibilizam', como dizia meu novo protetor. 'Seria interessante um título geral', sugeriu ele. Pensei um minuto e propus: 'Cá entre nós'. Ele gostou. Deram-me um adiantamento e imediatamente pus-me a trabalhar. O primeiro artigo que escrevi sobre um tema que me parecia sensibilizante se chamava 'Treze maneiras de se arrepender'. Meu pequeno artigo era apresentado na forma de um guia e enumerava todas as maneiras de se arrepender, começando com a carta oficial ao jornal até... Meu especialista, porém, ficou muito tempo balançando desaprovadoramente a cabeça, quando seus olhos chegaram ao 'até'. O tom de máxima boa vontade cedeu lugar a um tom de mínima confiança. Mas o dinheiro adiantado eu não poderia mais devolver e só poderia pagar com textos. Vi, afinal, meu nome debaixo de uma coluna impressa em tipos pequenos, mas apenas um terço do artigo era meu. Já o que vinha depois... Indignado, corri para a redação com o jornal na mão. Após ouvir o que eu tinha a dizer, o especialista me cortou e disse: 'O senhor não conhece o trabalho de jornal. Eu conheço, e só há uma maneira de trabalharmos juntos: o senhor traz os fatos e o material (o senhor tem visão, não nego); já as conclusões, com sua permissão, isso é conosco'. Aturdido, eu me calei. Ele entendeu: com um aceno mútuo, nos despedimos. Mas veja, chegamos ao cemitério."

De fato, a cadeia de recordações nos conduziu à ampla e silenciosa habitação dos mortos, com sua cerca e suas cruzes espalhadas pelas colinas.

— O senhor está cansado?

— Um pouco.

Entramos por um portãozinho na cerca. A estradinha no início era reta, depois fazia zigue-zagues entre as velhas e encurvadas cruzes.

— Que tal sentarmos um pouco?

— Seria bom. Aqui mesmo.

Sentamo-nos na grama espinhenta e verde. O caçador de temas esticou as longas pernas, deslizou os olhos pelas cruzes e disse:

— É... Se você veio a este mundo de pessoas ocupadas, cumpra sua vida e parta.

Sem responder, olhei para o seu rosto: o cansaço acentuava ainda mais os traços bem marcados. E, como se estivesse apertando até o fim um parafuso difícil de entrar, ele acrescentou:

— Eu queria um lugar num vagão de segunda classe. Para toda a eternidade. E na cama de baixo. Enfim, é uma besteira.

Com um gesto familiar, sua mão esquerda moveu-se para cima e para baixo, pela frente do sobretudo.

— Várias vezes cheguei até este lugar, entre os mortos. Eu gosto de pensar caminhando. Às vezes você caminha, caminha, e as ruas não são suficientes. Então eu vagueio e che-

O marcador de página   51

go até aqui, a este lugar silencioso. Ali à direita está a casinha do vigia. Lá está ele, perto do portão, o velho vigia, meu amigo. Uma vez ele me contou um caso muito curioso. Ninguém imaginaria algo semelhante. Certa vez ele ouviu um ruído. Ainda não tinha clareado. Aguçou o ouvido: parecia um ferro batendo na pedra. Telefonema para a polícia, patrulha — e todos juntos, sem fazer barulho, vão por entre as sepulturas, na direção do som. Veem luz num dos jazigos. Aproximam-se, metem as cabeças no gradil. Lá dentro, sobre a tumba quebrada, uma mão com uma lanterna, um dorso e dois cotovelos que se mexem. Caíram todos sobre ele, puxaram para fora — e o que descobriram! O ladrão estava com um boticão na mão, e no boticão... um dente de ouro com uma compridíssima raiz. Era, à sua maneira, um dentista. "E quando o levamos para o distrito — contou-me o vigia — o arrancador de dentes foi xingando durante toda a viagem." "Por que tiram um trabalhador do seu trabalho? — dizia. — Eu tive uma trabalheira desgraçada com aquele sujeito e ainda vou para a cadeia!" E eu fiquei tentado a transformar esse episódio num conto. Ele está lá em casa, em algum lugar (não me lembro onde). O esquema era o seguinte: um homem já de idade, respeitado (no seu círculo de relações, bem entendido), é um arrombador. Não me lembro que nome dei a ele — era um bom nome, mas esqueci. Bom, não importa, digamos que era Teodósio Chpin. Chpin faz um trabalho limpo, exato, seguro. Mas, com o passar dos anos, aparece-lhe uma doença progressiva e extremamente incômoda para os ladrões: pouco a pouco ele vai perdendo a audição. Para alguém entrado em anos, é difícil mudar de profissão, e Chpin continua a fazer o seu trabalho. Seus dedos, com a mesma técnica, não o deixam em apuros mesmo nas situações mais difíceis, mas o ouvido... Um dia ele é apanhado em flagrante e vai para a cadeia, onde tem bastante tempo para refletir sobre o tema "Que coisa difícil é a vida". É solto sem um tostão. Tenta encontrar o assim chamado trabalho honesto. Um velho não precisa de muita coisa. Mas não era esse o problema: milhares de jovens também estavam desempregados. Quem precisa de um surdo sem qualificação? É obrigado a voltar ao antigo ofício. E ei-lo novamente na cadeia — Chpin agora é reincidente. É levado à sala de datiloscopia e tiram-lhe as impressões digitais numa tabuinha coberta de cera. Quando o velho é devolvido outra vez à vida, sente como se tivessem tirado alguma coisa dos seus dedos, e sem essa coisa que foi roubada, que agora estava numerada e guardada no arquivo, ficava ainda mais difícil viver. O arrombador decadente não gosta (aliás, nunca gostou) dessas pessoas com ouvido aguçado. Ele evita até os seus colegas: parece-lhe que nas suas costas eles riem do palerma surdo Teodósio Chpin. Continuar roubando os vivos, ele não poderia. Restava apenas praticar entre os mortos. "Estes — pensa Chpin, esticando a boca num sorriso — ouvem menos ainda que eu." Mas roubar os defuntos não é tão fácil quanto parece. Já se foi o tempo em que os mortos eram vestidos com suas melhores roupas, em que nos dedos gelados colocavam anéis com pedras preciosas e, nos pés esticados, botinas de verniz. Agora é tudo mais pobre, todo mundo é sovina, dá vergonha dizer, mas metem a pessoa no caixão só de meias e com uma roupa roída pelas traças (que importa, dizem, se vão ficar tampados). "Se continuar assim — pensa às vezes o velho Chpin, ao voltar à noite do cemitério do subúrbio, pisando nas poças d'água — os parentes não vão nem esperar que o corpo esfrie e eles mesmos vão arrancar o ouro da boca do defunto (eles vão acabar tendo essa ideia, ora se vão!), e vão fazer de qualquer maneira, às pressas, sem método; a eles pouco importa. E eu aqui, passando fome." Um dia, Chpin sai para trabalhar; para num cruzamento, com a mão em concha atrás da orelha — em alguma parte não haverá um sino tocando por um defunto? Não consegue distinguir; só capta ruídos e murmúrios confusos. Perambula um pouco perto de uma placa onde estava escrito "Caixões" — às vezes consegue-se uma pista nesse lugar. Nada. Arrasta-se até a igreja mais próxima: na escada há uma mulher vestida de preto. Dá uma olhada dentro da igreja: lá está ele, deitado entre velas acesas. Os acompanhantes são pessoas bem-vestidas e de posses. "É bom sinal — pensa Chpin —, difícil só é saber o que ele tem debaixo dos lábios: ouro ou amálgama. De repente não tem nem um, nem outro; não é um cavalo — não se pode ver seus dentes." Enquanto isso, da porta do altar saem o padre e o sacristão, as velas se aproximam para colher a chamazinha das que estavam acesas; do coro ouvem-se vozes indistintas — Chpin mais adivinha do que consegue realmente ouvi-las prometendo o repouso entre os santos, num país sem tristezas e suspiros. O velho Teodósio pensa que em breve também ele estará sob o manto de relva, suspira e se persigna. Mas quando chega a hora do derradeiro beijo, desperta nele o profissional. Ele entra na fila, com as mãos piedosamente juntas sobre o peito. A fila avança e leva Chpin para junto do caixão. Ali, aos seus pés, há um degrau coberto de pano. Chpin se reclina, lançando um olhar penetrante para a fenda entre os lábios duros e azulados do morto: ligeiramente descerrados pelas sacudidelas, eles deixam ver em dois lugares um brilho dourado. Finda a cerimônia, Chpin afasta-se para um lado, com a expressão tranquila e satisfeita do homem sério, disposto a executar até o fim um dever doloroso. Alguém na multidão olha-o com respeito e sussurra para o vizinho: "Que bela dor!". O cortejo começa a andar. As pernas reumáticas obedecem mal, mas Chpin não pode largar o trabalho no meio. Ele segue o ataúde, arrastando os pés entre os amigos e parentes do morto. Um jovem o ajuda, segurando respeitosamente seu braço. Ele memoriza o lugar, contando todas as voltas do caminho — o trabalho tem de ser feito à noite — e sai do cemitério.

O resto do dia ele cochila, com seus pés gelados perto do fogão, e à noite, reunindo suas ferramentas, faz de novo o longo caminho. É aí que... não, o final, vamos ouvir ao vivo da boca do vigia. Não se pode ser melhor que a vida. Pois é. Vamos embora? Está ficando tarde, podem nos fechar aqui.

Entramos na aleia principal; de lá, passando pela igreja e o escritório, fomos em direção aos portões. Perto da janela do escritório, meu acompanhante parou por um minuto e ficou olhando para dentro da vidraça.

— Que é que o senhor procura aí?

— Vá andando na frente, eu o alcanço.

De fato, junto ao portão ele se juntou a mim e deu um sorriso, ao ver meu ar de interrogação.

— Queria ver se ainda está pendurada lá, onde estava. E está.

— Quem?

— Não é uma pessoa, é uma coisa. É a coroa de aluguel. Existe uma aqui. Foi o vigia que me contou. Uma coroa para os pobres. Está entendendo? Você paga alguns copeques e a coroa de metal, tão respeitável como as dos outros, com miosótis de porcelana e fitas negras, está lá presente, trazida do escritório ao encontro da procissão, durante os últimos rituais. Depois é colocada sobre a sepultura cheia de dignidade e pesar, generosa e inconsolável. Mas, quando todos se vão, o vigia tira a coroa de aluguel e a leva de volta para o escritório: até o próximo enterro. Pode ser que o senhor ache absurdo ou engraçado o que vou lhe dizer, mas eu tenho uma afeição quase fraternal, familiar, por essa coroa. Pois nós, poetas, não somos coroas floridas transitando pelas sepulturas? Por acaso não nos agarramos com nossas ideias e o nosso ser àquilo que está morto e enterrado? Não, não! Eu jamais concordarei com a filosofia atual das pastas: só é possível escrever sobre o que foi riscado, e só para os riscados.

O marcador de página

Caminhamos novamente lado a lado, pelas ruas largas do subúrbio. Logo avistamos as linhas paralelas dos trilhos dos bondes. E de repente, no meu ombro, ouvi um sussurro:

— Se as paralelas encontram-se no infinito, então todos os trens que viajarem para o infinito vão se chocar e haverá uma catástrofe.

Percorremos dois ou três quarteirões sem trocar uma palavra. Eu me perdia nos meus pensamentos, quando a voz do meu companheiro de repente me fez estremecer:

— Se eu não o cansei demais, gostaria de lhe contar meu último tema. Faz tempo que pego na pena para escrevê-lo, mas fico com medo de estragá-lo. Não é longo — só uns dez minutos. Ou, quem sabe, não vale a pena?

Ele olhou para mim com um sorriso tímido, quase suplicando.

— Por que não? Conte — pedi-lhe.

E ele começou a contar.

— O título que quero dar a esse conto é "O banquete funerário".[6] Só que esse não é um conto de cemitério. Não, não, é mais sutil. Um certo fulano, possuidor de esposa, apartamento de três peças, alto salário, empregada doméstica e um nome respeitável, recebe seus amigos em casa. A certa altura, as travessas e garrafas já estão vazias; sobre a mesa, um copinho de vidro com palitos de dente. Passam para o escritório, para junto da lareira, e falam sobre o último filme, o último decreto, discutem o melhor lugar para se ir no verão. A esposa do fulano traz uma caixa com fotografias e cacarecos domésticos. O dono da casa mergulha seus dedos entre as pilhas de retratos e, de repente, lá do fundo da caixa escuta-se um barulhinho de algo tocando em vidro. Que seria?

---

[6] *Pominki*, em russo. Costume que consiste em reunir parentes e amigos de uma pessoa recém-falecida para reverenciar sua memória, ocasião em que são servidas comidas e bebidas. (N. da T.)

O fulano tira para fora um vidrinho: ele está arrolhado e no interior, através da parede transparente, vê-se um pequenino cristal branco. Perplexo, o fulano franze o sobrolho, tira a rolha, molha a ponta do dedo na saliva, encosta no cristal e de novo à boca: nos seus lábios aparece um sorriso misterioso e matreiro. Doze olhos curiosos esperam, sem entender o sorriso nem o cristal. Mas o anfitrião não tem pressa. Com ar intrigado, levanta uma sobrancelha, baixa as pálpebras, e não tem mais aquele sorriso, mas a expressão de quem tenta se lembrar de um sonho recente. As visitas ficam impacientes. Fazem uma roda fechada em torno dele: "Vamos, diga logo!". A mulher sacode seu ombro: "Pare de nos torturar!". Então o homem responde: "É sacarina". Os amigos começam a rir às gargalhadas. Mas o dono da casa não está rindo. Quando todos se acalmam, ele faz uma sugestão: "Pessoal, tenho uma ideia: vamos fazer um banquete funerário — para relembrar aqueles tempos passados, de frio e de fome. Que acham?". "Você sempre foi um gozador", "Você tem umas ideias malucas".

"Mas, afinal de contas, um banquete é sempre um banquete. Além disso, os livros ficaram maçantes, no teatro não há novidades, as noites de inverno são longas e aborrecidas. Marcam o dia do banquete e as visitas se despedem com algazarra: 'Não há companhia que...', 'A que horas passa o último bonde?', 'Mas que maluco...'.

"No dia da festa o dono da casa acorda a mulher bem cedo: 'Levante-se — vamos nos preparar'. Ela já tinha esquecido: 'Que pressa é essa tão cedo? As visitas só vêm à noite'. Mas o maluco gozador é teimoso. Ele acorda a empregada e põe-se a trabalhar: 'Glacha, abra as janelinhas para entrar ar frio; feche a chaminé e não acenda a lareira. Tire as lenhas da caixa — vamos meter aí o tapete; para quê? e se de repente houver um confisco? não cabe? vamos enrolar, assim, pronto — entrou... leve todas as coisas da sala de jantar e do quarto de dormir para o meu escritório; não vão caber? Claro que cabem. Nós vamos ficar morando — nós e as coisas — todos no escritório, não podemos gastar calefação com três cômodos; e quanto a você? não vai estar aqui — eu não posso sustentar uma empregada'. A pobre Glacha, atônita e assustada, pensa que ainda está dormindo e que aquilo é um sonho absurdo, mas o brincalhão a tranquiliza: 'É só até amanhã, amanhã tudo voltará a ser como antes, entendeu?'. Glacha continua de olhos arregalados, mas quando o patrão lhe promete um dia de folga assim que terminarem de mudar os móveis, seu rosto se ilumina. Cômodas, divãs, mesas, trombando seus cantos, com rangidos e estrondos vão sendo arrastados para o gabinete. Finalmente acordada, a mulher do fulano quis tentar se opor: 'Mas o que é que você inventou, afinal...'. 'Eu, não — nós. Venha, ajude a tirar a estante da parede.' Passam o dia naquela correria: é preciso ir à farmácia comprar sacarina; em parte alguma se consegue farinha mofada; esqueceram de colocar farelo e palha na massa do pão e, quase chorando, a mulher do maluco sova pela segunda vez a massa pesada e escura. O gabinete já está cheio com um amontoado fantástico de coisas, mas o teimoso sobe a escada do sótão em busca do fogãozinho de ferro 'burguesinho': aquela coisa enferrujada e grotesca, batendo em tudo com sua tromba de ferro, vai ocupar o último canto livre do ambiente.

"Quando o homem, sujo de fuligem e ferrugem, se põe de pé, vê a esposa enrolada num xale de lã, os joelhos dobrados embaixo do queixo, encolhida num canto do divã. 'Ouça, Marra — começa ele, tocando-lhe o ombro (ela retira violentamente o ombro) —, mas Marra, sete anos atrás você vivia assim, como um pardal congelado, de casaco e xale, como uma pobrezinha abandonada, e eu — lembra? — puxei seus dedinhos de debaixo do xale e fiquei soprando neles até você dizer 'Está bom'.' A mulher não diz nada. 'Você se lembra do dia em que eu trouxe uma ração ridícula em seis saquinhos de papel, que não dariam para alimentar um ratinho, e nós cozinhamos e assamos nesse mesmo fogãozinho enferrujado — tinha mais fumaça e fuligem do que comida.' 'É, mas com o fogareiro a querosene era pior — respondeu a mulher, sem virar a cabeça. — Esse aí pelo menos aquecia, já o outro... a chama era fraca, 'doente', como você costumava dizer.' 'Está vendo? E você não queria nem olhar para o pobre velhinho.' 'E quando você só tinha alguns palitos de fósforo na caixa — diz a esposa, como se não o ouvisse —, eu os partia com a faca ao comprido, e de um fazia quatro.' 'É, eu não conseguia fazer isso, minhas mãos são mais grosseiras.' 'Não, você já esqueceu, os seus dedos ficavam congelados, só isso.' 'Não, não, Marra, minha pequena, minhas mãos são mais grosseiras.' O homem sente o ombro macio encostar no seu, e aquela voz de antigamente, cantando no seu ouvido: 'E como era bom naquelas longas noites, você e eu: ao menor movimento, a chama da lamparina tremia — e as sombras das coisas balançavam para cima e para baixo, pela mesa, pelas paredes, pelo teto. Era alegre e divertido. Você não arranjou uma lamparina de querosene?'. 'Não.' 'Ah, mas sem lamparina não dá!' 'Nem me ocorreu, mas eu dou um jeito — diz o homem, levantando-se de um salto —, enquanto isso, desatarrache as lâmpadas; assim mesmo, está vendo como é fácil? Nem precisa de escada, é só subir na mesa.'

"Aos poucos vão chegando os convidados. Cada um que chega inicialmente aperta o botão da campainha e espera o ruído de passos, mas a seguir resolve bater na porta e acaba por esmurrá-la. 'Quem é?', perguntam pela porta entreaberta e presa pela correntinha. Alguns dos convidados ficam espantados, outros se zangam, mas uns respondem no mesmo tom. 'É preciso bater com mais força — explica o dono da casa —, não se ouve através de dois cômodos.' E os visitantes, um a um, são conduzidos através dos compartimentos vazios e escuros, até o último, habitado. 'É melhor não tirar o sobretudo, estamos pelejando com o fogão. Mas a temperatura aqui não passa de zero.' Embaraçadas, as visitas dão batidinhas com os pés no chão para se aquecer, e não sabem onde se enfiar e o que fazer. Um deles comenta aborrecido que passou adiante um ingresso para a ópera, para ficar aqui em pé, não se sabe para quê, junto a uma lamparina idiota, no frio e no desconforto; outro se queixa porque veio com roupa muito leve. Entretanto, o dono da casa acomoda o grupo nos baús, caixas e tamboretes, e oferece-lhes chá quente. 'É de cenoura — diz orgulhoso, vertendo o caldo quente em canecas de diferentes tamanhos —, foi difícil conseguir. Aqui está a sacarina. Sirvam-se. Cuidado, não ponham muito, senão fica enjoativo.' O pão, cortado cuidadosamente em tijolinhos iguais, deu a volta pela sala e cada um recebeu sua parte. Os visitantes tocam com asco os lábios nas canecas fumegantes. Alguém chama a atenção para o vapor que sai das bocas quando falam. Silêncio.

"Aí o dono da casa tenta iniciar uma conversa. 'Diga-me — dirige-se ao seu vizinho —, quantos dias falta para chegar o calor?' 'Dois ou três meses', rebate o outro, enfiando o nariz no vapor de cenoura. 'Ah, meu amigo — inflama-se inesperadamente o homem que trocara a ópera por aquela reunião —, por que vocês contam os meses!? Dois ou três! Agora parece engraçado, mas naquela época nós contávamos até quantos dias faltavam. Construíamos, por assim dizer, uma hipótese de trabalho, pela qual se considerava que no dia primeiro de março a primavera deveria começar de maneira repentina e total. Escrevíamos os dias um atrás do outro e cada dia riscávamos um: faltam cinquenta e três dias para a primavera, cinquenta e dois dias para a maravilhosa, cinquenta e um dias para a ardentemente desejada. E vocês aí: 'Dois ou três meses'! No dia de São Espiridião, o *trazedor* do sol, nosso grupinho brindava com este caldo de cenoura e ficávamos embriagados só de pensar que o sol havia percorrido sua órbita e vinha agora em nossa direção. E vocês: dois ou três meses.'

"E a conversa, como se tivesse sido agitada como se mexe o chá no copo, circula de boca em boca cada vez mais depressa. As canecas vazias se aproximam da chaleira. Alguém no calor da discussão engoliu seu tijolinho de pão e agora tosse para tirar uma palhinha presa na garganta.

"'Ah, gente, vocês se lembram — grita o sujeito que não se agasalhara o suficiente —, lembram quando nós saíamos no frio de dezembro, com o gorro de pele na cabeça (o sobretudo a gente não tirava nem dentro de casa), e caminhávamos pelos montes de neve, na escuridão, onde a única luz vinha da neve e das estrelas, para ouvir aquele conferencista... qual era o nome dele?... não me lembro... aquele que morreu de tifo mais tarde. O coitado andava de uma parede a outra, como um lobo no cercado — e falava do cosmo, da revolução, de novos problemas, das crises da vida, da arte. E quando se calava, metia a boca dentro do cachecol para respirar um pouco de calor. E no ar, o frio e as sombras balançando (como aqui, vejam). E nós lá, sentados bem juntinhos durante horas, milhares de olhos o seguindo — de uma parede a outra. Nossos pés incham, parece que as solas estão coladas no chão, mas ninguém se mexe nem faz o menor ruído. Silêncio total.' 'Eu também ia às palestras — continuou pensativo o dono da casa. — Certa vez ele nos disse que antes da revolução nós não enxergávamos o mundo por causa das coisas que possuíamos, que ficamos perdidos entre três poltronas dos nossos avós; ele nos ensinava que lucraríamos muito se entregássemos todas as coisas — desde as mais abstratas até os objetos domésticos (deixem que encham as carroças, fiquem com as paredes nuas, entreguem também as paredes e o teto) —, se déssemos todas as coisas em troca da mais grandiosa: o mundo.'

O marcador de página

"As visitas começam a se despedir. Todos apertam a mão do dono da casa com calor e gratidão. Quando atravessavam os cômodos vazios e sonoros, o homem que dera seu ingresso confessa a um dos companheiros: 'Sabe que eu também fiz palestras para os dirigentes políticos?'. 'Sobre o quê?' 'Sobre vasos gregos.'

"Os donos da casa ficam sós. No fogãozinho de ferro não há mais brasas e ele rapidamente esfria. Uma porta que bateu apagou a chama da lamparina. Os dois permanecem sentados ombro a ombro, no escuro. Atrás da vidraça a cidade vibra e se agita. Eles não ouvem. 'Respire outra vez nos meus dedos... como antes.' 'E você vai dizer: 'está bom'?' — 'Vou.' E ele aquece-lhe as palmas das mãos com seu sopro, depois com seus lábios. É tão cômodo esconder as palavras dentro das mãozinhas delicadas, perfumadas e dóceis — e ele fala: 'Pois aqui, atrás da porta, há um quarto vazio; atrás dele, outro vazio e escuro; e se se vai mais longe, tudo é escuro e vazio; e ainda mais longe, a mesma coisa; você pode andar, andar, e não...'. Marra sente gotas quentes queimarem-lhe os dedos, junto com a respiração e as palavras.

"E aqui, na conclusão, eu quero mostrar que até esses inofensivos *inséparables*, gente miúda de beira de estrada, a quem a revolução só arrancou as franjas — nem mesmo esses não conseguem não entender..."

De repente, algo guinchando e lançando à sua frente um curto clarão de luz cortou-nos o caminho e parou: era o bonde. Um segundo depois toca a sineta, as rodas põem-se em movimento — e, diante dos nossos olhos, no ar crepuscular, sob três luzes vermelhas: "Parada facultativa". Percebendo meu olhar de interrogação, o caçador de temas fez que não com a cabeça:

— Não, não é isso. E talvez não seja possível inventar um "isso" para este tema. Vou riscar, ponto final, e ao diabo com ele.

Cheguei até a me voltar: tinha a sensação absurda, mas nítida, de que o tema tinha ficado lá atrás, nos trilhos, cortado ao meio pelas rodas do bonde.

A cidade avançava rapidamente ao encontro dos nossos passos. Os automóveis zumbiam e roncavam, os raios das rodas giravam, as ferraduras dos cavalos batiam no chão e havia muita gente caminhando pela rua em todos os sentidos e direções. Meu companheiro examinou meu rosto com ar preocupado: não só os olhos, mas até a barbicha arrepiada e rala tinha um ar aflito, como se pedisse desculpa pela tristeza que ele inadvertidamente suscitara. Quase suplicando um sorriso, ele disse:

— Eu tenho um amigo, um daqueles antigos filósofos, que sempre que me encontra, diz: "Que vida! Não há tempo nem mesmo para contemplar o mundo!".

Mas eu não tinha vontade de sorrir. Viramos na direção dos bulevares. Aqui era mais espaçoso e calmo. O caçador de temas arrastava os pés atrás de mim, como se ele é que tivesse sido caçado. Certamente ele não se oporia a descansarmos um pouco num banco, mas eu andava com passos firmes e não olhava para trás. Passamos perto do banco em que nos conhecemos. De repente, na extremidade do bulevar, vimos uma pequena multidão imóvel, formando um círculo, com os pescoços espichados para ver algo que ocorria no interior. Nós também nos aproximamos: era música. A ponta aguda do arco de um violino subia e descia, acompanhada de sons débeis e sibilantes, que se juntavam teimosamente numa melodia. Passei a vista pelo público, depois procurei meu companheiro: ele estava em pé, descansando encostado numa árvore. Ele também ouvia a música, com ar atento e orgulhoso, e sua boca estava entreaberta como a de uma criança sonhadora.

— Vamos.

Atiramos nossos copeques, atravessamos a praça e fo-

O marcador de página

mos caminhando pelo Bulevar Nikítski. Junto à curva da Arbat, paramos. Eu buscava as palavras derradeiras, de despedida.

— Temo chamar isso de "gratidão", mas acredite... — comecei, mas ele, como de hábito, não me deixou terminar e cortou minha fala:

— Veja a Arbat. Eu sempre associo este lugar à Península de Arbat,[7] uma língua de terra, estreita e curva como esta aqui, só que com mais de cem quilômetros de comprimento. Sabe, ela daria um conto: verão, os trens apinhados de veranistas: "Para onde você está indo?". "E você?"; e no meio deles, um passageiro que não responde nem pergunta. Ele não leva cestas ou malas, apenas uma mochila leve e uma vara. Baldeação para a linha secundária Aleksêievka-Guenítchesk; no início, pouca gente, a fileira de vagões está quase vazia; depois, uma minúscula cidadezinha apodrecida. Mas o passageiro enfia a mochila nos ombros e, atirando uma moeda ao barqueiro que o leva ao outro lado do estreito, começa seu passeio de cem quilômetros pela língua de terra. Esse lugar seria qualificado de estranho, mas não há ninguém lá para fazê-lo: a lâmina que forma a península é absolutamente deserta, os pés e o bordão encontram apenas areia e cascalho; à direita e à esquerda, águas estagnadas; acima, um céu queimado de sol; e à frente, a faixa estreita, morta, interminável, conduzindo sempre para a mesma direção. É, no fundo, no mundo inteiro só existe... mas o senhor está com pressa, e eu não paro de falar. E assim, eu roubei... um dia alheio.

Tomei a sua mão e durante muito tempo, olhos nos olhos, não desapertamos as mãos. Ele entendeu.

— Então, nenhuma esperança?

---

[7] Península situada no lado leste da Crimeia. (N. da T.)

— Nenhuma.

Eu não tinha dado mais que dez passos, quando fui alcançado pela voz dele, atravessando o intenso barulho da praça:

— Mas mesmo assim!

Eu me virei.

Ele estava em pé na beira da calçada, com um sorriso calmo e luminoso, e, já não para mim, mas para algum lugar nas ruas que se abriam como pontas de uma estrela, repetiu:

— E mesmo assim.

Foram essas as nossas palavras de despedida.

IV

Chegando em casa, eu me espichei imediatamente no divã. Mas os pensamentos dentro de mim não pararam. Só à meia-noite o marcador negro do sono veio se colocar entre um dia e o outro.

E só de manhã, deixando entrar o sol que esperava atrás das cortinas cerradas, eu me lembrei do marcador de página não metafórico, escondido dentro da gaveta da mesa. Era preciso, sem perda de tempo, cuidar do destino dele.

Antes de mais nada, peguei um maço de papéis, depois entreabri a gaveta: o marcador estava no fundo amarelo, atraente, como na vez passada, com sua bem-arrumada cauda de seda desbotada, e com uma expressão irônica, de quem espera algo, nos seus bordados. Sorri para ele e fechei a gaveta: agora falta pouco.

Passei três dias escrevendo. Escrevi isto, procurando reproduzir com a exatidão de um espelho os dois encontros, enxotando qualquer palavra que ele não tivesse dito, riscando implacavelmente todos os companheiros de viagem que tentavam adicionar-se à narrativa e complementar a verdade.

Quando o caderno estava pronto, de novo abri a porta da prisão do meu solitário marcador de página de seda azul-clara: e nós novamente começamos nossa viagem, linha por linha, no interior do caderno. Frequentemente, como naqueles anos riscados do meu pensamento, o marcador tinha de esperar, ora num tema, ora noutro. Nós meditávamos e sonhávamos, discutíamos: "não!", "mas sim!", percorrendo um caminho lento, com muitas paradas — de degrau em degrau, de parágrafo em parágrafo, no encalço das imagens, das ideias, das tramas e dos desenlaces do caçador de temas. Eu me lembro de que certa vez nós passamos quase a metade da noite pensando nessas três palavras: "Mas mesmo assim...".

Sem dúvida, a nova habitação do meu velho marcador de página é por enquanto pequena e pobre, mas que fazer! Todos nós vivemos apertados, num espaço exíguo, ressentidos. Mais vale um cantinho seu do que o painel longo e nu da literatura de hoje. Bom, penso que é tudo. Ah, ia-me esquecendo: tenho de colar na capa do caderno, como é de praxe, um cartão de visitas com o nome do morador: O MARCADOR DE PÁGINA.

(1927)

O CARVÃO AMARELO

I

O barômetro da economia da Universidade de Harvard indicava constantemente mau tempo. Mas nem mesmo seus números precisos poderiam prever que a crise iria agravar-se tão rapidamente. As guerras e desastres naturais tinham transformado o planeta num destruidor de suas próprias energias. Secaram-se os poços de petróleo. O combustível negro, o branco, o azul e o verde a cada ano forneciam menos energia. Uma seca sem precedentes parecia ter enrolado a Terra exaurida com dez linhas equatoriais. As plantações de cereais esturricaram. Com a seca, os incêndios destruíam as florestas. As selvas da América e as *jungles* da Índia ardiam em labaredas e fumaça. Os primeiros a se arruinar foram os países agrários. É verdade que no lugar das florestas reduzidas a cinzas eram erguidos bosques de chaminés de fábricas, como florestas de troncos incinerados. Mas seus dias estavam contados: a falta de combustível ameaçava parar as máquinas. Mesmo a camada de neve das geleiras, que se derretia com o verão permanente, não podia servir como uma reserva segura de energia hidráulica: os rios tornavam-se rasos e em breve as turbinas iriam parar.

A Terra estava febril. Fustigada pelo açoite amarelo do sol, ela girava em torno dele como um dervixe no final de sua dança frenética.

Se os países acabassem com suas fronteiras políticas e se socorressem mutuamente, ainda haveria salvação. Mas as ideias dos atatistas[1] fortaleciam-se ainda mais com as desgraças, e todos os *reichs* do velho e dos novos mundos, *staats*, repúblicas e *lands*, como peixes no fundo de lagos secos, cobriam-se com uma película viscosa, encerravam-se nas suas fronteiras como num grande casulo, elevando as tarifas alfandegárias a valores nunca vistos.

A única organização internacional era a Comissão para a Pesquisa de Novas Formas de Energia: COPENOFE. Ela prometia uma quantia de sete algarismos a quem descobrisse uma nova fonte de energia ainda desconhecida na Terra, passível de ser usada como combustível.

II

O professor Lekr era ocupado demais para notar as pessoas. Seus olhos viviam imersos em esquemas, pensamentos, páginas de livros, e não tinham tempo para refletir os rostos. Uma tela fosca diante da janela o protegia da rua; a mesma coisa era o seu automóvel — um estojo negro com cortinas fechadas. Até alguns anos atrás Lekr lecionava, mas aos poucos foi deixando as aulas para dedicar-se inteiramente às suas pesquisas sobre as teorias quânticas, a excitação iônica e o problema do vicariato dos sentimentos.

De sorte que o passeio de vinte minutos do professor Lekr, o primeiro nos últimos dez anos de sua vida, foi puro acaso. No início, Lekr caminhou em meio a seus pensamentos, sem notar a rua ou as pessoas, mas logo no primeiro cruzamento ele se viu perdido e teve que levantar a cabeça para olhar em volta, procurando o caminho. Foi então que pela primeira vez a rua se esfregou nas suas pupilas.

---

[1] Do latim *atat*, grito de guerra e vitória dos antigos romanos, aqui significando patriotice. (N. da E.)

Através do toldo das nuvens o sol borrifava sua bile embaçada no ar. Pela calçada os transeuntes andavam apressados, dando cotoveladas irritadas uns nos outros. As portas abertas das lojas estavam apinhadas de gente que entrava e saía aos empurrões: com os rostos vermelhos do esforço e da irritação, uns arreganhavam os dentes para os outros.

Os estribos dos bondes, flutuando sobre os trilhos, estavam apinhados de passageiros, uns com o peito colado nas costas dos outros, que remexiam as omoplatas furiosamente, mas não cediam nem um centímetro; os metacarpos se embaralhavam sobre a barra vertical, agarrados como garras de aves de rapina — parecia um bando de abutres disputando uma presa.

O bonde passa e no outro lado da rua se descortina nova cena: dois homens discutem, ameaçando-se com os punhos; instantaneamente se forma em torno deles um círculo de olhos malevolentes, depois, um outro círculo ao redor do primeiro; e depois, mais um ainda... Sobre a massa de ombros colados uns nos outros, já se levantavam os cacetetes.

Lekr olhou em volta e continuou seu caminho. De repente, seu joelho topou com uma mão estendida à sua passagem. Saindo de um monte de trapos sujos, a mão espalmada reclamava uma esmola. Lekr procurou dentro dos bolsos: não tinha trazido dinheiro. A palma rígida continuava a esperar. Lekr deu mais uma procurada: nada, só um caderninho de anotações. Sempre fitando o mendigo, ele se afastou para um lado: os olhos do aleijado, meio cegos pelo pus, junto com a secreção, destilavam uma raiva insaciável e impotente.

O professor Lekr observava cada vez mais temeroso a rua cheia de rangidos de rodas e de zumbidos da multidão agitada. Mudavam as pessoas, mas nada mudava nas pessoas; desfilavam sem parar rostos crispados, testas que davam chifradas no ar, cotovelos que abriam caminho como aríetes. No início, as sobrancelhas do famoso fisiólogo estavam er-

O carvão amarelo

guidas de perplexidade, mas depois elas se franziram, cercando a ideia que se agitava atrás delas. Diminuindo o passo, Lekr abriu seu caderninho e ficou procurando as palavras exatas, mas foi atingido por um cotovelo pontudo nas costelas que o fez cambalear para o lado e bater as costas num poste, derrubando algumas folhas do caderno. Mas nem a dor conseguiu fazê-lo parar de sorrir: uma ideia, fortemente ligada a fios associativos, foi lançada no mais profundo do seu cérebro.

III

O concurso lançado pela COPENOFE atraiu uma centena de envelopes, cada um identificado por um lema. Entre os projetos, concorria também o do professor Lekr. A maioria dos envelopes abertos continha elementos irrealizáveis, do ponto de vista teórico ou prático. Alguns, que mereceram um exame mais atento, eram aparentemente viáveis, mas exigiam investimentos de capital muito grandes. O candidato que escolhera a divisa *Oderint*[2] teria, talvez, perdido a competição para outra proposta científica original e finamente elaborada, que sugeria obrigar o próprio Sol a pagar os prejuízos que causara ao planeta: em alguns pontos da Terra, dizia o projeto, a atividade solar elevada devia ser estimulada até a obtenção de temperaturas capazes de executar trabalho, mediante a transformação de calor em energia mecânica. A ideia de atrelar o Sol ao trabalho de restaurar a indústria semidestruída estava prestes a ganhar o prêmio de sete algarismos, mas... os cantos dos olhos do presidente da comissão estavam ligeiramente tintos de amarelo, e nas len-

---

[2] "Que odeiem", em latim. (N. da E.)

tes do *pince-nez* do vice-presidente às vezes aparecia um brilho ferino.

Ambos se inclinavam para o projeto do atrelador do Sol, mas o presidente não queria estar de acordo com o vice-presidente; para contrariá-lo, no último instante mudou seu voto e *Oderint* ganhou.

O professor Lekr foi convidado à próxima reunião fechada da comissão. Atendendo ao pedido para que resumisse sua ideia, Lekr começou assim:

— Meu projeto é simples: proponho utilizar a energia da raiva, espalhada por um grande número de seres humanos. Acontece que, no longo teclado dos sentimentos, as teclas negras da raiva têm uma tonalidade específica, nitidamente diferenciada. Enquanto outras emoções, como a ternura, a simpatia, etc. são acompanhadas de diminuição do tônus muscular e de algum relaxamento do sistema motor do organismo, a raiva é inteiramente muscular, está toda na tensão dos músculos, no fechamento dos punhos, no ranger dos dentes. Mas esse sentimento não tem por onde sair, é abafado pela sociedade, que o apaga como a uma lâmpada, por isso ele produz fuligem, em vez de luz. Mas se tirarmos os abafadores, se permitirmos que a bile jorre através das comportas das barragens sociais, então esse carvão amarelo, como eu o chamo, moverá os volantes parados de nossas fábricas e milhões de lâmpadas brilharão com a eletricidade biliar e... peço não interromper... como fazer isso? Por favor, um pedaço de giz e eu vou traçar para os senhores o esquema do meu mieloabsorvedor: AE perpendicular a 0, aqui sob o ângulo está o pontilhado de poros absorventes, distribuídos pela superfície do painel. Vejam os senhores que a ideia de exteriorização dos esforços musculares (que já vem passando há muito tempo por todos os recantos do meu cérebro) é perfeitamente realizável, pois se tomarmos o encontro do nervo com o músculo, veremos que a fibra nervosa que con-

O carvão amarelo

duz a carga energética se divide em fibrilas muito finas, a fim de envolver o músculo, formando uma rede — por favor, passe-me a esponja. Krause foi o primeiro a fazer uma descrição histológica dela, mas o quadro perfeitamente exato do entrançado da rede nervosa pertence a mim. Hum... onde estávamos? Ah, sim... O problema era o seguinte: como prender essa malha na nossa rede e trazê-la para fora, através da pele humana. Se os senhores observarem agora o pontilhado de poros do absorvedor, verão claramente que...

A exposição durou cerca de duas horas. A última palavra de Lekr foi seguida por um silêncio de alguns minutos. Depois o presidente moveu os cantos amarelados dos olhos e disse:

— Admitamos. Mas o senhor tem certeza de que as reservas de raiva humana, que o senhor se propõe a explorar, são suficientemente grandes e, principalmente, garantidas? Pois neste caso vamos lidar não com uma camada inerte à espera de uma picareta, mas com uma emoção, que surge e desaparece, o senhor está me entendendo?

O professor Lekr respondeu com um curto:

— Perfeitamente.

A comissão acolheu com muitas reservas a ideia da utilização industrial do carvão amarelo. Ficou decidido que, num primeiro momento, as experiências seriam feitas em pequena escala, dentro dos limites de uma pesquisa de viabilidade econômica.

IV

O seguinte fato ocorreu num subúrbio de uma das capitais europeias, bem cedo, antes do início do expediente nas repartições e escritórios. Um bonde aproximava-se lentamente do ponto, obedecendo às curvas dos trilhos e puxando um reboque. O ponto estava apinhado de pessoas apressadas com suas pastas, as quais, assim que o bonde parou, precipitaram-se com tanta pressa para dentro dos dois vagões que nem notaram a construção do reboque, ligeiramente diferente do habitual: no lado de fora, pela lateral laqueada de vermelho, estendia-se um traço amarelo; a partir das barras de segurar, mergulhavam para dentro da pele metálica do reboque finos fios condutores, e a superfície de latão dos assentos era toda furada por minúsculos poros que se ligavam a algum ponto no interior.

Soou a sineta de um vagão para o outro, o motorneiro correu para os tampões, depois voltou; acionou a alavanca condutora, e o primeiro vagão, abandonando o reboque lotado de gente, começou a afastar-se rapidamente. A perplexidade que tomou conta dos passageiros do indefeso reboque durou apenas alguns segundos. As mãos, erguidas de espanto, foram uma a uma transformando-se em punhos cerrados. A raiva, que a impotência transformava em fúria, retorcia as bocas.

— Mas que é isto, nos largar no meio da rua, como se fôssemos lixo?!

— Cretinos!

— Alguém já viu isso? Corja de canalhas!

— Nos deixarem plantados...

— Se eu pudesse, eu mesma daria uma surra nesses...

Como se respondesse aos perdigotos e palavrões, o reboque de repente moveu-se, os eixos guinchando bem baixinho. Ele não tinha polia sobre o teto, a plataforma do motorneiro estava vazia e, contudo, aumentando a velocidade de modo incompreensível, o reboque girava suas rodas em perseguição ao vagão que o abandonara. Os passageiros se entreolhavam com ar desamparado; uma voz feminina deu um grito desesperado: "Socorro!", e imediatamente todo o conteúdo do vagão, tomado de pânico, atirou-se para as portas.

O carvão amarelo

Mas ninguém quis ceder a vez: ombros e cotovelos se comprimiam; aquela massa espessa de seres humanos amassava a si mesma por meio de uma centena de punhos interligados. "Sai da frente!", "Para onde?!", "Me solta!", "Estão me esmagaaando!" E o vagão, que tinha começado a diminuir a velocidade, pôs-se a girar as rodas com todo o vigor. As pessoas despencavam na calçada, se machucando, e aos poucos esvaziaram o estranho vagão. Suas rodas foram parando, mas a poucos metros estava a placa que indicava outro ponto. Ali, nova multidão que aguardava, sem ouvir as explicações, superlotou o vagão, e um minuto depois ele novamente rompeu o ar com sua faixa amarela, rangendo os ferros.

À tardinha o extraordinário reboque foi recolhido ao depósito, mas sua foto continuou a viajar através das pupilas de milhões de leitores dos jornais vespertinos. A nova sensação fazia vibrar os fios telegráficos e era alardeada em todos os receptores de rádio. Essa data foi considerada o início de uma nova era industrial na Terra.

V

Nos primeiros meses em que gradualmente se fazia a transferência da indústria para o carvão amarelo, temia-se que as reservas de raiva embutidas na humanidade pudessem ser gastas rapidamente e acabar. Uma série de projetos auxiliares propunham métodos de estimulação artificial da raiva, caso a sua energia começasse a diminuir. Nessa linha, o célebre etnólogo Kranz publicou uma obra em dois volumes: *Classificação dos ódios interétnicos*. A ideia central de Kranz era a necessidade de dividir a humanidade nas menores unidades nacionais possíveis, o que daria um máximo de "raiva cinética" (termo de Kranz); mas o autor anônimo de uma pequena brochura, publicada com o título *Uma vez um é igual a um*, foi ainda mais longe: ele propôs ressuscitar o antigo adágio *bellum omnium contra omnes*, a guerra de todos contra todos. A brochura demonstrava, evidentemente, que a guerra *contra omnes* da pós-história deve ser diferente da guerra do mesmo nome da pré-história; se a "pré" lançava os homens uns contra os outros, era porque faltava neles o "eu", faltava humanidade, enquanto que a "pós" cria um conflito entre os excessos de "eu": isso significa que, na prática, cada "eu" tem pretensões com relação à Terra inteira e a todas as suas riquezas. Isto é um sistema filosófico dos mais lógicos, que dá imediatamente à Terra cerca de três bilhões de monarcas absolutos e, em consequência, uma quantidade infinita de guerras e ódios, que apenas aproximadamente pode ser expressa por um número que seria obtido, calculando-se todas as combinações possíveis de uma unidade, com três bilhões de outras unidades, e multiplicando-se, além disso, o resultado por três bilhões.

Mas o maior sucesso entre os leitores obteve o livro do psicólogo Jules Chardon, intitulado *O par óptico*. O autor, que dominava a arte de usar metáforas, começou comparando as estrelas duplas aos cônjuges; se na astronomia existem dois tipos de estrelas duplas, isto é, aquelas espacialmente próximas e as que apresentam proximidade óptica — estas últimas, quando o par está separado por dezenas de anos-luz, mas o ângulo de visão faz parecerem próximas ao observador —, o mesmo acontece na matrimoniologia, que estuda as combinações de pares mais vantajosas para a humanidade. Se até então se mostravam mais vantajosos para o Estado o amor e os sistemas de reflexos que favorecem o matrimônio, agora, que se implantava a utilização dos movimentos corporais provocados pela raiva, era necessário modificar a instituição do casamento: a porcentagem de pares conjugais ópticos deve ser gradualmente aumentada até chegar a cem por cento; a frieza e, se possível, a aversão, multiplicadas pelo fator proximidade, produzirão raiva de alta-tensão, bastando captá-la em absorvedores leves e portáteis e transmiti-la através de fios para um acumulador central, que destilaria todas as raivas e todo o fel acumulado num único fundo de reserva amarelo.

Seria difícil enumerar todas as propostas que buscavam um meio de aumentar a alimentação dos absorvedores por séries progressivamente crescentes, chegando cada vez mais perto da emoção. Logo, porém, percebeu-se que todos esses intensificadores artificiais da raiva quase não eram necessários — as reservas naturais de inúmeros tipos dessa energia, desde a repulsa até a fúria, eram imensuráveis e aparentemente inesgotáveis.

Verificou-se que a energia de qualquer briga em potencial, absorvida a tempo por um absorvedor de rua, era plenamente suficiente para aquecer ao máximo o sistema de calefação de todo um andar, por doze horas. Mesmo sem adotar nenhuma medida matrimoniológica, apenas introduzindo dois milhões dos chamados "leitos duplos porosos" diretamente no centro da felicidade conjugal, era possível garantir o trabalho de uma serraria de grande porte.

A vida se reconstruía e se reequipava com rapidez febril. As portas das repartições e das lojas foram adaptadas para captar, nas suas superfícies cobertas por poros invisíveis, a energia dos corpos humanos que se comprimiam à entrada e à saída. As catracas nas entradas dos bulevares, os encostos das poltronas dos teatros, as mesas e tornos de trabalho absorviam por meio de dispositivos porosos especiais a emulsão biliosa, juntando-a gota a gota em filetes, os filetes, em jorros, e os jorros, em um mar fervilhante e borbulhante de fel.

Os tremores de ódio, os espasmos raivosos, os rangidos de ira, ao mergulharem nos fios condutores, se transformavam nos guinchos estridentes das serras elétricas, na vibração dos pistões e no ranger dos dentes das engrenagens.

A raiva que era reunida durante o dia no acumulador esperava que, depois de amarelar nos carvões dos lampiões de arco voltaico, a deixassem mugir discretamente na noite raiada de luz.

VI

Mister Francis Deddle era contra a bilificação da vida, e ele não era o único a pensar assim. Sem ir muito longe: o padre de sua paróquia e a cunhada deste, solteirona de uns quarenta anos, cujas mãos estavam acostumadas aos trabalhos culinários e a segurar o missal, também partilhavam da mesma opinião. Dos púlpitos de algumas igrejas já ressoavam sermões sobre a alucinação amarela que tomara conta do mundo. Esperava-se uma encíclica do papa, que misteriosamente tardava.

A oposição aos poucos reunia forças e, embora os partidários da transferência total da indústria e da cultura para o carvão amarelo desdenhosamente dissessem que entre os antibilistas havia somente batinas e saias, na realidade eles subestimavam o número dos adversários. O órgão de imprensa dos protestantes, *O Coração Contra o Fígado*, gozava de bastante popularidade.

Desde os primeiros dias de existência da organização dos cordialistas, Mr. Deddle tornou-se um dos seus membros mais ativos. É verdade que ele se sentia de mãos atadas para realizar seu trabalho, pois a propaganda do cordialismo era vista pelo governo como sabotagem da edificação amarela. As sociedades filantrópicas foram fechadas. Os sermões ressoavam diante de salas vazias. Como resultado, a organização foi posta contra a parede (aliás, as paredes também estavam pontilhadas de poros absorventes)...

Uma manhã, Mr. Deddle acordou num estado de espírito muito sombrio. Por baixo da porta, junto com o número de *O Coração Contra o Fígado*, via-se o canto de um envelope. Deddle abriu-o — era uma ordem do comitê central dos cordialistas:

"Sir, a partir do momento do recebimento desta, o senhor tem duas horas para começar a amar a humanidade. O exemplo é o início da salvação."

Mr. Deddle girou a folha de papel nas mãos e sentiu que o dia estava estragado. O ponteiro do relógio marcava nove horas. Dando uma olhadela no onze em algarismos romanos, Mr. Deddle murmurou: "Bom, ainda temos tempo" — e, fechando os olhos, esforçou-se para imaginar aquela vaga multidão de cabeças que se chama humanidade. Depois, apoiado no cotovelo, abriu o jornal e passou a vista nos títulos: "Oh! Oh! Vejamos! E essa agora! Diabo!"... E as linhas foram a princípio amassadas pelos dedos nervosos, depois, atiradas no chão. "Calma, calma, meu velho, pois hoje às onze horas você terá de..." Deddle sorriu com ar sonhador e começou a vestir-se. Ao passar perto da folha de jornal amassada, abaixou-se, pegou-a e alisou cuidadosamente as linhas enrugadas.

Às quinze para as dez, Mr. Deddle começou a tomar seu *breakfast*. Inicialmente comeu duas ou três fatias de presunto, depois quebrou a extremidade pontuda de um ovo, batendo com a colher. A gema, esbugalhada como um olho mau dentro da casca, lembrou-lhe que... Mr. Deddle de repente perdeu o apetite e empurrou o prato. O ponteiro do relógio aproximava-se do dez. "Mas alguma coisa, hum, precisa ser feita. Assim não pode continuar. De jeito nenhum!" Nesse momento, porém, soou o telefone, como um tremor metálico através do ar. "Não vou atender, que vão pro diabo!" O telefone fez uma pausa, depois começou novamente a soar mais demorada e insistentemente. Deddle colocou o ouvido no fone com um sentimento de desgosto:

— Alô. Sim, sou eu. Chame depois das onze, estou ocupado: é um assunto de interesse de toda a humanidade. É urgente? O meu também. O quê? Mas estou lhe dizendo que estou ocupado, e você fica insistindo, como...

O fone foi colocado violentamente no gancho. Mister Deddle, apertando as mãos atrás das costas, andava de um lado para o outro. Seu olhar casualmente deu com um tubo fininho de vidro com graduação, em forma de arco, visível no absorvedor que, como em todas as paredes de todos os cômodos do mundo, também nas paredes de sua casa espalhava seus minúsculos poros. O nível do mercúrio dentro do vidro lentamente subia. "Será possível que eu... Não, não, tenho de agir." Deddle caminhou até a janela e pôs-se a olhar a vida lá fora: a calçada, como sempre, estava escura de tanta gente; as pessoas se juntavam em multidões, saindo de todas as portas e portões.

— Querida humanidade, amada humanidade — murmurou Deddle, sentindo que os seus dedos inexplicavelmente se fechavam sozinhos, como punhos cerrados, e um tremor espetava sua espinha, vértebra por vértebra.

Nas vidraças retiniam e vibravam os gritos roucos das sirenes dos carros; a massa humana, como se tivesse escapulido através de todas as fendas, continuava a se espremer entre as paredes da rua.

— Minha gente querida, meus irmãos, oh, como eu os... — e os dentes de Deddle rangeram. — Meu Deus, que está acontecendo? Faltam vinte para as onze, e eu...

Deddle tapou a rua com a cortina e sentou-se na poltrona, evitando olhar para o indicador.

— Tentemos *in abstracto*. Faça um esforço, meu velho, e ame esses canalhas. Vamos, nem que seja durante quinze minutinhos, um pouquinho que seja. De propósito, para contrariá-los, pegue e ame-os. Que diabo, faltam cinco minutos. "Deus, ajude-me, faça esse milagre de que um próximo

O carvão amarelo

ame a seu próximo. Bem, humanidade, prepare-se, eu vou começar: meus adorados..."

Um leve tintilar de vidro fez Deddle estremecer e voltar seu rosto coberto de suor para o absorvedor: o tubo do indicador não suportara a pressão e explodira, espalhando vidro pulverizado e gotículas de mercúrio pelo chão.

VII

Se no início a técnica de extração e acumulação do carvão amarelo esbarrou com uma série de fracassos, aos poucos ela foi sendo aperfeiçoada e tornaram-se impossíveis os incidentes do tipo deste recém-descrito. As próprias palavras "fracasso", "fracassado", perderam seu antigo sentido: foram exatamente os fracassados, os amargurados com a vida e cheios de fel, que se mostraram os mais adaptáveis à nova cultura. Seu ódio à vida tornou-se lucrativo e transformou-se no seu ganha-pão. Toda a humanidade foi submetida a uma reclassificação. Contadores individuais, instalados no corpo de cada pessoa, indicavam o salário de cada um, de acordo com a quantidade de raiva que ele irradiava. O lema "Quem não odeia não come", em letras garrafais, estava em todos os cruzamentos. As pessoas boas e de coração terno foram atiradas na rua, onde ou morriam, ou endureciam. Neste último caso, os números do contador individual entravam em movimento, salvando-as de morrer de fome.

Antes mesmo de serem postas em prática as ideias de Lekr, foi instituída uma subcomissão especial junto à COPENOFE para estudar a questão da exploração do antagonismo de classes. Essa subcomissão trabalhava em segredo: os membros da COPENOFE estavam plenamente conscientes de que era necessária cautela especial ao se lidar com essa variedade de ódio. É natural que a passagem para o carvão amarelo tenha causado agitação entre os operários que trabalhavam na indústria antiga. Os capitalistas, coesos em torno da COPENOFE, abandonaram categoricamente a antiga política de conciliações, de concessões e de todas as medidas que pudessem diminuir o ódio do operariado para com a classe exploradora: havia chegado a época em que o próprio ódio à exploração podia ser... explorado industrialmente, capturado nos absorvedores e conduzido para as fábricas e máquinas. De agora em diante, era suficiente para as fábricas apenas o ódio dos operários, que se tornaram inúteis. Indústrias e fábricas demitiam em massa, conservando uma equipe mínima para cuidar dos receptores de raiva. A onda de protestos e greves, que percorria toda a Terra, só fazia elevar o nível da energia biliar nos acumuladores e dava bons dividendos. Descobriu-se que a raiva mais pura, que quase não necessitava ser filtrada, era a dos desempregados. Na primeira conferência sobre problemas de captação da raiva, um eminente economista alemão anunciou o advento de uma nova e luminosa era, em que o trabalho podia ser realizado com o auxílio das greves. Um aplauso discreto mas cheio de maldosa alegria saudou essas palavras. Os ponteiros no mostrador dos absorvedores da sala de conferências oscilaram levemente.

VIII

E realmente entrou-se numa espécie de idade de ouro. Com a vantagem de que não era necessário ir buscar o ouro nas profundezas da terra ou lavá-lo nos rios — ele próprio escoava do fígado das pessoas em pepitas amarelas, era lavado na corrente sanguínea e estava próximo, ali mesmo, debaixo da pele. O fígado de cada um tornou-se uma carteira abarrotada e inesgotável de dinheiro, que se levava não no bolso, mas no interior do corpo, onde o ladrão não podia alcançar. Era uma carteira prática e portátil. Uma pequena discussão com a mulher pagava uma refeição completa. A inveja reprimida que um corcunda sentia do seu bonito rival lhe permitia transferir o ouro do bolso interno para o externo e consolar-se com uma dispendiosa garota de programa. Em suma, a vida tornava-se cada dia mais barata e bem organizada. A energia dos acumuladores construía novas casas, aumentava a metragem das moradias, transformava barracos em palácios, fazia a vida transcorrer não num fundo cinzento, mas numa decoração sofisticada e colorida; o fluxo constante de bile, transformado em energia, lavava a fuligem do céu e a sujeira da terra. Se no passado as pessoas se apertavam, trombando umas nas outras em cantinhos estreitos e escuros, agora elas viviam em altos e amplos quartos, que ofereciam suas largas janelas aos raios do sol. Se antes, por assim dizer, os sapatos baratos mordiam dolorosamente os pés com seus pregos, como se ficassem furiosos por sua barateza, agora as solas bem-feitas amaciavam os passos, como veludo. Se antigamente os pobres dos subúrbios congelavam junto aos fogões apagados, escondendo sob as faces escavadas pela fome o ódio confuso e sem saída, acumulado durante séculos, agora esse ódio, atiçado e misturado nos acumuladores, aquecia ternamente as serpentinas dos aquecedores, criando conforto e aconchego. Todos agora tinham o que comer. Em vez dos rostos amarelos, caras rechonchudas e coradas. As cinturas ganhavam alguns centímetros, a barriga e os gestos se arredondavam, e o próprio fígado começou a cobrir-se com uma camada flácida de gordura. Foi aí que começou o fim.

Visto de fora, tudo parecia correr bem: as máquinas trabalhavam com rendimento total, a torrente humana chocava-se com as fendas das portas, os acumuladores do carvão amarelo lançavam energia através dos cabos e das ondas de rádio. Mas, aqui e ali, a princípio em minúsculos detalhes, começaram a surgir coisas não previstas pelos esquemas de Lekr. Por exemplo, num dia claro de final de verão, a um distrito policial de Berlim foram trazidas sob escolta dos *schutzmans* três pessoas sorridentes, o que causou indignação geral. O chefe de polícia, metendo dentro da gola com galão amarelo sua cara vermelha de raiva, sapateava e gritava com os perturbadores da ordem:

— Hoje vocês resolvem sorrir num lugar público; amanhã, com certeza, vão sair nus para a rua!

Os três sorrisos foram enquadrados no artigo que tratava de perturbação da ordem pública e os culpados tiveram de pagar uma multa.

Outro caso foi bem mais sério: um jovem, no bonde, teve a audácia de ceder o lugar para uma velhinha caquética, que se imprensava entre ombradas e cotoveladas. Quando ao cínico jovem foi mostrado o artigo 4 das Regras dos Passageiros: "Quem ceder o lugar está sujeito a pena de detenção de... a...", o criminoso continuou teimosamente de pé. Segundo os jornais, a própria velhinha estava até o fundo da alma indignada com o comportamento do insolente.

Inexplicada de início, uma estranha doença, que se manifestava por pequenas erupções de incidentes, começou a manchar o gigantesco corpo social. Muito sintomático foi o ruidoso processo contra um professor de escola elementar, que durante uma aula declarou abertamente:

— Os filhos devem amar seus pais.

Os escolares, evidentemente, não entenderam a palavra arcaica "amar" e foram pedir explicações aos adultos; nem todos os adultos tampouco conseguiram se lembrar o que era esse tal de "amar". Porém os mais velhos explicaram o sentido odioso da frase e o corruptor da juventude teve de comparecer diante do tribunal. Mas o que causou realmente sensação foi que os juízes absolveram o patife. O governo se inquietou. A imprensa amarela[3] (nessa época toda a imprensa era amarela) iniciou uma campanha exigindo a revisão do veredicto. Os retratos dos novos juízes recém-nomeados saíram em todas as edições extras, mas seus rostos, estampados nas páginas dos jornais, eram estranhamente bondosos, gorduchos e distraídos. No final das contas, o corruptor ficou em liberdade.

Era preciso tomar medidas urgentes, sobretudo porque já não era apenas a sociedade amarela, mas também a indústria amarela, que começava a apresentar falhas. Os dentes das serras mecânicas de uma fábrica pararam de repente, como se estivessem cansados de mastigar as fibras de madeira. As rodas dos vagões passaram a girar um pouco mais devagar. A luz das lâmpadas ficou um pouco mais fraca. É verdade que os acumuladores, cheios de séculos de cólera, poderiam alimentar as engrenagens e as correias de transmissão ainda por quatro ou cinco anos, mas a alimentação com força nova diminuía a cada dia.

Os governos de todos os países mobilizaram esforços para prevenir a crise que lentamente se aproximava. Era preciso elevar artificialmente a raiva ao nível anterior. Foi decidido interromper de quando em quando o fornecimento de luz e de aquecimento. Mas as pessoas, com os fígados vazios, sem se queixar ou mesmo resmungar, ficavam pacientemente sentadas nos seus quartos enormes e escuros, sem nem ao menos tentar ficar mais perto dos fogões apagados. Seria inútil acender a luz para ver a expressão dos seus rostos: não tinham expressão alguma, eram rostos vazios, corados e psiquicamente mortos.

Chegaram a pedir o auxílio dos médicos. Tentou-se estimular a atividade do fígado com pílulas, águas, excitação

---

[3] "Imprensa amarela" pode significar imprensa venal, imprensa burguesa ou imprensa marrom. (N. da T.)

elétrica: tudo em vão. O fígado, após dar tudo que podia, envolveu-se num casulo de gordura e dormia pesadamente. Por mais que o fustigassem com preparados patenteados, em doses cada vez maiores, e com medidas heroicas das mais diversas terapias, não se obtinha nenhum efeito positivo de valia para a indústria.

O tempo passava. Para todos, uma coisa ficava clara: o mar de bile nunca mais voltaria a subir. Era preciso buscar novas reservas de energia, era necessário um novo Lekr, que pudesse descobrir algo capaz de transformar a vida de cima a baixo. A COPENOFE, que havia sido extinta nos últimos anos, retomou suas atividades. Solicitava-se o auxílio de inventores do mundo inteiro. Mas não houve em resposta nenhum projeto de alguma importância. Havia inventores, mas a inventividade desaparecera junto com a raiva. Agora, em nenhuma parte, nem mesmo por quantias de sete, oito ou nove algarismos, era possível encontrar aquelas inteligências raivosas de antigamente, aquelas inspirações iradas, aquelas penas afiadas como ferrões, molhadas na bile. As tintas aguadas, sem mistura de sangue e bile, sem qualquer fermentação, só conseguiam produzir garatujas de ideias confusas, tolas, como borrões. A cultura morria — sem glória e sem estrépito. E durante seus anos de agonia, na entropia crescente da raiva desaparecida, não poderia nem mesmo surgir um escritor capaz de satirizar dignamente o advento e o fim da época do carvão amarelo.

(1939)

A DÉCIMA TERCEIRA CATEGORIA DA RAZÃO

É sempre a mesma coisa: primeiro você visita os amigos, depois — quando os cortejos fúnebres os levam — você visita seus túmulos. Chegou também a minha vez de trocar as pessoas por sepulturas. O cemitério, aonde eu ia cada vez mais amiúde, ficava atrás de altos muros dentados e, de fora, parecia uma fortaleza: todos os guerreiros tombaram, e só então abriram-se os portões. Você entra: inicialmente, uma confusão de cruzes; mais adiante, atrás de um muro interno, um novo cemitério sem cruzes: neste não há a estática monumental das antigas sepulturas, nem os jazigos volumosos, nem anjos de pedra com asas para baixo, como pinguins: estrelas vermelhas de metal em finas hastes de arame agitam-se ao vento.

Ainda estamos no degelo primaveril e a terra gruda nas solas dos sapatos, prendendo docemente os pés: é como se convidasse a ficar mais um pouquinho, quem sabe, para sempre. Já é a quarta vez que o encontro: com um ruído lento de sucção da pá penetrando na terra densa e trabalhosa, lá está o velho coveiro. A princípio eu o vejo até a cintura, depois, até os ombros, e, mais um pouquinho, sua cabeça mergulha na argila revolvida. Mas chego mais perto dele, tentando escapar dos punhados de terra que a pá vai lançando com um ruído regular, e digo:

— Bom dia.

— Ah, sim, bom dia — diz ele, olhando-me do fundo da cova.

Existe uma coisa que me atrai nesse homem: o velho é claramente perturbado das ideias e vive numa confusão perceptiva que o próprio Kant não conseguiria desenrolar. A propósito, todas as pessoas que perdem o juízo (não vou buscar outra definição), ou que, mais precisamente, foram tiradas do seu juízo, e que, por assim dizer, foram excluídas das doze categorias kantianas da razão, naturalmente são obrigadas a se abrigar numa outra, a décima terceira, uma espécie de alpendre lógico, mais ou menos apoiado no pensamento objetivamente obrigatório. Se se levar em consideração que, no fundo, é para essa décima terceira categoria da razão que nós fornecemos senha a todas as nossas fantasias e ilogismos, então o velho coveiro pode ser útil ao ciclo de novelas "fantásticas" que me propus a escrever.

Ofereço-lhe então um cigarro e o velho estica a mão suada para pegá-lo; eu me agacho, acendo o cigarro dele no meu, e a décima terceira categoria da razão abre sua porta secreta para mim.

— Que alameda é aquela ali, debaixo dos álamos?

Apertando os olhos, o velho olhou para a linha de árvores.

— É a fileira dos atores. Quando fica mais quente, vêm as moças com cadernos, trazem flores e leem umas para as outras trechos de livros. Não há riqueza ali, mas há respeito.

— E lá adiante? — pergunto, deslizando meu olhar pelo muro.

— É para os autores; é o "Beco dos Escritores", como é chamado.

O vovô coveiro quer dar mais detalhes, mas eu o interrompo e transfiro o olhar para a junção de dois muros: as sepulturas ali estão cobertas pela comprida sombra dentada do muro e em alguns lugares, entre os montículos amarelo-ferrugem, veem-se manchas brancas de neve não derretida.

— É o canto dos oradores — explica a voz de dentro da cova —, à noite, é melhor ficar longe dele.

— Por quê?

— É meio agitado. Os oradores, é sabido, assim que escurece, começam a falar todos ao mesmo tempo. Às vezes você passa perto do canto deles e escuta uns cochichos de dentro da terra. É melhor ficar longe.

— Estou vendo que falam a verdade quando dizem que o senhor perdeu o juízo, vovô. Onde já se viu um sujeito enterrado de repente começar a cochichar?

— Eu não falei que alguém *viu*, e sim, que *ouviu* — teima o velho. — Foi isso mesmo. Não faz muito tempo, aconteceu um caso. Enterraram um certo vice-presidente bem aqui, no canto dos oradores, na ponta à esquerda. O senhor não tem mais cigarros? O caixão era vermelho, as coroas — não dava nem para contar, e tinha gente que não acabava mais. Dizem que o defunto era um famoso orador. Pois bem: abaixaram o caixão, recolheram as cordas para cima, e então, como é de praxe, começaram os discursos. Falaram, falaram, depois eu e Mitka (meu ajudante) pegamos nas pás. Dei uma cuspidela nas palmas das mãos e, de repente — o que o senhor diz disso — lá embaixo, da tampa do caixão, sai uma voz: "Peço a palavra. Após ouvir os que me precederam...". Mas aí — meu Deus! — os que o precederam e todos que estavam ali saíram em disparada. Até o bobo do Mitka largou a pá e correu junto. Eu dei uma olhada em volta e só vi algumas galochas perdidas na neve e uma pasta que alguém esqueceu, balançando pendurada numa cruz. O fulano — na terra e debaixo da tampa, o senhor entende, não podia ver o que estava acontecendo — ficava repetindo: "Cidadãos e camaradas, não me enterrem no outro mundo, pois assim que ouvir as trombetas do juízo final, me cobrirei com

A décima terceira categoria da razão

a minha tampa e não atenderei, como um otzovista"[1] — existe mesmo essa palavra ou é imaginação deste velho? Eu não tenho estudo...

— Existe. Bem, e depois?

— Depois? Não teve depois: ele queria continuar falando, mas aquilo já estava me incomodando. Não esperei o Mitka, agarrei a pá e de um só fôlego cobri de terra o tagarela e suas tagarelices. Pois não é que agora deu para aparecer uma gente agitada? Antigamente alguém já ouviu falar de casos como esse?

— Ah, vovô, nem antigamente, nem modernamente. O senhor deve ter tido um delírio. Precisa se tratar. Não procurou o médico do bairro?

— A terra vai me curar, meu filho. Não vou ficar mais muito tempo com vocês. Mas, se o senhor não acredita, venha comigo, eu só quero mostrar a sepultura.

Largando a pá, o velho já tinha apoiado os cotovelos nas bordas da cova para sair, mas eu o impedi:

— Está bem, acredito, acredito.

— Assim é melhor — tranquilizou-se o velho, e continuou o seu palavrório confuso.

— Aquele lá engoliu uma pá de terra e ficou de boca fechada. Já outro desassossegado durante muito tempo me deu um trabalhão.

"Eu moro logo ali, depois do portão, numa casinha com duas janelas, isolada, perto de um terreno baldio. Por ali passam os féretros, um atrás do outro, sem parar. Uma noite, eu acendi a lâmpada de cabeceira e sentei junto à mesa para

---

[1] Adepto do otzovismo, corrente radical dos bolcheviques, após a derrota da revolução burguesa de 1905, que exigia a retirada dos seus representantes da Duma (parlamento) e a desistência dos métodos legais de luta. (N. da T.)

descansar, quando de repente alguma coisa atrás da porta fez troc. 'Quem será?', pensei; fui até a porta e perguntei quem era; como resposta, novamente troc. Abri o gancho, olhei pela porta e logo entendi o que era, porque já tinha visto aquilo muitas vezes: estava lá, de pé, com as mãos petrificadas cruzadas no peito, comprido e amarelo. 'Alto lá! — eu disse. — De onde você vem?' E ele: 'Do enterro. Eu vi a luz. Deixe-me entrar'.

"'Era só o que me faltava!', pensei, e barrei a entrada com o braço. 'É contra o regulamento sair do enterro atrás de luz. E veja lá, hein, eles vão notar que estão enterrando um caixão vazio. Como você conseguiu escapar?' 'Foi assim: o caixão balançava tanto nos buracos da estrada que a tampa saiu do lugar. Pela fresta eu vi uma luzinha me chamando. Eu pensei: é a última, não haverá mais. Olhei para trás: alguns estavam longe e vinham devagar, espalhados (seu cemitério é longe, vovô); outros vinham caminhando com os olhos no chão, por causa das poças d'água. Movi a tampa, depois tornei a colocar e saí de fininho... deixe entrar, vovô.' 'E se você não chegar a tempo para o seu enterro, seu maluco?', perguntei. 'Eu chego a tempo, as rodas da carreta mal conseguem girar, não me recuse olhar pela última vez a luzinha antes da treva eterna.' E ele tanto pedia, que me deu pena. 'Entra — disse —, mas só se, depois, um, dois e... para a cova.'

"Fui em direção à lâmpada e ele foi atrás de mim, sem descruzar os braços, com seu rosto de cera voltado para a luz. Depois disse: 'Toque debaixo dos meus cílios, vovô: alguma coisa aí virou vidro. Eu ainda vou me perder e não vou encontrar o caminho para a minha última morada. Ai, chegou o meu momento, minha hora é chegada'. E pela porta aberta, saiu como entrou. Dei uma olhada: o crepúsculo já tinha coberto tudo, os sinos de seu enterro já tinham tocado. 'Chegará a tempo — pensei — ou não chegará?'

"Anoiteceu. Porta fechada com o gancho. Rezei minha oração, deitei, e queria apagar com um sopro a luz da cabeceira, quando ouço de novo um barulho atrás da porta. 'Veja só! Ele está com o diabo no corpo!' Mas não tinha alternativa, fui abrir. 'Não chegou a tempo?' 'Não — respondeu —, quando cheguei já estavam aplainando minha sepultura com as pás.' 'Isto é irregular — pensei —, mas o escritório já está fechado e vamos ter de esperar até amanhã.'

"'Para que ficar parado aí na porta? — disse eu. — Vai entrar frio na casa; já que você veio sem ser convidado, entra e deita ali na entrada, junto da parede, que Deus te proteja. É um pouco apertado, mas não repare: no caixão é mais apertado ainda.' E joguei-lhe uma esteira. Nós nos deitamos. Lá pela meia-noite eu acordei. Quem sabe se aquilo tudo não tinha sido um sonho? Queria me virar para o outro lado, mas aí senti um cheirinho de putrefação. 'Mais essa! — pensei. — Não é sonhando que vou me livrar disso.' Acendi o castiçal (de qualquer jeito eu não conseguiria dormir com o hóspede indesejado), e fui até o vestíbulo. 'Então, como você está?' 'Obrigado', e ele suspira profundamente, calando-se. 'Leram o Evangelho sobre o seu corpo?', perguntei. 'Não.' 'Ah, então é por isso.' Abri o livro e li para ele o melhor que pude. Vi que ele escutava, escutava, depois disse: 'É muito comovente isso, vovô, mas está longe da verdade'. Bem, aí não aguentei mais: 'Sua obrigação de defunto é ficar deitado, sem mexer as sobrancelhas ou as orelhas, mas você é insistente, mete o bedelho em tudo, não conhece o seu lugar'. Ele ficou imóvel, calado. Amanheceu. 'Então, levanta — eu disse —, vamos enterrar você.' 'Está difícil, estou todo rígido.' 'Levanta, levanta, se enrolou todo, agora toca, se desenrola, não tem outro jeito.' Puxei ele pelos braços e ombros e finalmente ele se moveu, naquela rigidez gelada, e se levantou atrás de mim, batendo os pés no chão como se fossem pernas de pau: toque-toque.

"Chegamos ao escritório. 'Aconteceu isso e isso', contei, mas os funcionários caíram na risada e disseram, como o senhor há pouco: 'Perdeu o juízo, vovô' — e nos botaram para fora, a mim e a ele. 'Mas que malandro — disseram, piscando um para o outro —, inventou de se alugar como defunto. Desapareça, volte para o lugar de onde veio.'

"'De onde você veio?', perguntei, quando saímos do portão. 'Travessa Krivokoliênni, apartamento 39, e o número do prédio é...' Que fazer? Levantei ele pelos braços cruzados no peito e coloquei num bonde. A própria multidão, gritando 'Cidadãos, para a frente', 'Cheguem para a frente, cidadãos', carregou consigo meu companheiro, sem querer saber se estava vivo ou morto. Eu consegui entrar também e disse no ouvido de alguém: 'Ceda o lugar para o defunto'. O cara deu um salto, e eu dobrei os joelhos do meu hóspede indesejado (estavam mais rígidos ainda); recostei ele no banco e lá fomos nós nos sacudindo. Depois, passo a passo, uma perna, depois a outra, chegamos à Krivokoliênni. Uma escada. 'Não consigo — diz —, eles que desçam e me carreguem para cima.' Vi que para ele era difícil mesmo. Encostei ele na parede e subi, olhando cada número, até o 39. Toquei. Abriram: 'Não enterraram direito um morador daqui — disse eu —, recebam de volta'. 'Que morador? De onde vem?' 'Do cemitério, de onde podia ser. Trouxe com dificuldade. Está esperando lá embaixo.' Em resposta, dez vozes gritam para mim: 'Ora, ele está bêbedo! Está biruta, não estão vendo?! (Bem como o senhor disse há pouco.) Telefonem para o serviço de antirreligião para que o levem para onde precisa. Aqui os vivos já estão amontoados, e eles ainda vêm do cemitério! Fora, malandro, antes que eu quebre suas pernas a cacetadas!'.

"Nada a fazer, ao diabo com eles; voltei para junto do meu desabrigado, toquei no seu ombro e disse: 'Vamos embora'. E ele — ele já estava com o maxilar caído e os olhos esbranquiçados — ele sussurrou baixinho: 'Será que isso já não é a minha alma passando por purgações?'. 'Que você está dizendo? — disse eu. — As purgações estão mais adiante; as purgações te esperam na tumba, debaixo da cruz. Isto aqui se chama vida...'

"Bom, é uma história muito comprida. No dia seguinte eu arrastei ele novamente para dentro do bonde número 17 e lá fomos nós; seria mais cômodo num carrinho funerário, mas onde ia arranjar um? Quando íamos descer na Praça Teatrálnaia, a multidão atrás começou a empurrar e a gritar: 'Desçam logo!', 'Não fiquem parados!', 'Por que essa moleza, parece que está morto!'. Eu virei e disse: 'Acertou, ele está morto mesmo'. E começaram outra vez a gritar e a meter os cotovelos nas minhas costas: 'E este agora!', 'Mas desçam vocês dois, seus pulhas!'. Bom, eu compreendo, são pessoas ocupadas, vivem correndo sem prestar atenção nos outros. O que que eles têm a ver se um homem não foi bem enterrado?

"Eu ainda penei um bocado para arrastar o infeliz insepulto até a bolsa de trabalho, encostando-o nas paredes. No Bulevar Rakhmânni foi um pouco mais fácil: coloquei ele de pé na fila — quando o da frente avançava, o de trás empurrava. Estava funcionando bem. Meti entre os dedos dele seus documentos e pensei: 'Deixa eu dar um pulo até a tabacaria e também ver se encontro um conhecido meu que mora aqui perto, no Kissélni, quem sabe ele me aconselha o que fazer'. Fui. Meu conhecido foi e disse: 'Você larga em algum lugar esse seu cadáver, por que o assunto não está regulamentado!'. (Foi assim que ele disse.) Por causa dessa palavra, regula... (não sou capaz de dizer outra vez) de repente eu comecei a ficar com medo. Acredite: antes eu não estava com medo, mas aí...

"Vim vagando novamente pelo Bulevar Rakhmânni, com a esperança de que o documento nos tiraria do apuro. Procurei ele: só vejo costas, uma atrás da outra, todas rígidas e imóveis. Não dava para saber quem era vivo, quem era morto. Subi a escada, entrei e vi o meu, apertado contra a cerca divisória e com a cabeça enfiada no guichê, sem poder avançar nem recuar. Cheguei mais perto do guichê e vi que o funcionário estava ficando nervoso: 'Que é que há com o senhor! — gritava ele. — Cidadão, o senhor é surdo ou o quê! Esse seu documento não serve, não há nenhuma determinação, não tome o nosso tempo! O próximo!'. Puxei ele pelos cotovelos para fora do guichê. Meus velhos braços mal conseguiam segurá-lo — ele tinha ficado pesado, tombando para o chão —, e ainda por cima tinha os curiosos: 'Não registraram? Por quê? Qual é o documento dele, deixa ver'. Mostrei. 'Vejam, gente boa — disse eu —, mas o que é isso: atestado de óbito, de repente pararam de registrar? Se tivesse alguma coisa errada, mas não, aqui está o número, o carimbo, tudo. Como é que pode?!' Imediatamente, imagine, ficou vazio em torno de nós.

"E outra vez nós dois, eu e o indesejado insepulto, estávamos no meio do lufa-lufa e da correria. Os carros buzinam de todos os lados. As pessoas correm para cá e para lá, trombando as pastas umas nas outras, com o olhar perdido. Já irritado, resolvi não me importar mais, pois aquele negócio do meu conhecido, regula..., ai, nem sei falar."

— Regulamentado — ajudei.

— Isso, isso, "mentado", esse troço me deixou muito assustado. "Adeus, intruso", disse. Mas ele já não conseguia nem abrir os lábios. Então apareceu uma multidão apressada e ele se desprendeu de mim. Foi arrastado para um lado e eu para o outro. De longe eu via o meu insepulto navegando como uma bolha na enxurrada, a multidão carregava ele cada vez mais para longe. Tirei meu gorro e fiz o sinal da cruz: o reino dos céus, amém. Depois disso, quantas vezes aconteceu de eu ir à cidade e cada um que encontrava, eu olhava para ver se não era o meu insepulto. Mas só que o destino não me fez encontrar ele novamente. E o senhor, não viu ele, por acaso?

Ficamos um minuto calados. Depois fumamos um cigarro. O velho pega na pá.

— Esse caso aí foi dos mais comuns, mas aconteceu comigo um fato...

Mas nesse instante, os sinos do campanário da entrada começaram a badalar, e de detrás do muro, como uma corrente de ar, veio até nós um canto agudo e prolongado. As costas do velho se afundaram de chofre na cova e eu ouvi, entre os ruídos da pá e da terra caindo no chão:

— Está vendo, nós pegamos de conversa e a sepultura ainda não está pronta. Isso não está certo: ora é uma cova sem defunto, ora é um defunto sem cova. Afaste-se, ainda vai se machucar com a terra.

Dirigi-me para a saída. Um portão, depois outro. Nesse ponto, sob o portal de pedra, cheguei para o lado para deixar passar o cortejo fúnebre. Saindo do portão, eu pensei: Leonardo estava certo, quando disse que numa mancha de bolor pode-se às vezes aprender mais do que nas criações de um grande mestre.

(1927)

DENTRO DA PUPILA

I

Nos seres humanos o amor é tímido e de olhos semicerrados: mergulha no crepúsculo, esgueira-se pelos cantos escuros, sussurra, esconde-se atrás das cortinas e apaga a luz.

Eu não tenho ciúmes do sol. Ele que dê uma olhadela — desde que junto comigo — sob os colchetes que se abrem. Ele que espie através da janela. A mim isso não incomoda.

Eu sempre defendi a opinião de que o meio-dia é muito mais apropriado para o amor do que a meia-noite. A lua, com a qual foram gastas tantas interjeições entusiásticas, esse sol noturno sob um abajur azul de gosto duvidoso, eu simplesmente não suporto. E a história de um "sim" e suas consequências — a isso é dedicado este conto — começou com o sol brilhante, junto à janela escancarada para a claridade. Não tenho culpa se o final a surpreendeu entre o dia e a noite, num baço alvorecer. A culpada é *ela* — não a história, mas aquela, cujo "sim" eu esperei tanto tempo com paixão.

Aliás, mesmo antes do "sim" aconteceram certos fatos que é preciso mencionar. Pode-se afirmar com segurança que, no amor, os olhos — bem, como direi — sempre vão correndo na frente. Isso é compreensível: eles são mais ágeis e sabem executar sua função, ou seja, olhar também *através*. Enquanto os corpos dos apaixonados, enormes e lerdos em comparação com os olhos, se escondem um do outro debaixo dos panos das roupas, enquanto até mesmo as palavras se encolhem e ficam indecisas nos lábios, com medo de saltar para o ar, os olhos, ganhando a dianteira, já se entregam mutuamente.

Ah, como está claro na minha memória aquele dia luminoso, de céu azul, quando nós dois, de pé junto à janela aberta para o sol, como se tivéssemos combinado, olhamos ao mesmo tempo... certamente, não para a janela, mas um para o outro. Foi então que apareceu uma *terceira pessoa*: um minúsculo homenzinho que dentro da pupila dela me fitava, uma miniatura minha que já tinha conseguido se alojar ali. Eu mesmo ainda não tinha ousado tocar na sua roupa, e ele... Sorri e cumprimentei-o com a cabeça. O homenzinho respondeu educadamente. Mas ela desviou o olhar, e eu e ele não nos encontramos mais, até o famoso "sim".

Não me fiz de rogado para atender ao chamado daquele débil, quase inaudível "sim"; ao tomar as dóceis mãos dela nas minhas, eu o vi: debruçando-se na janelinha redonda da pupila, ele aproximava cada vez mais seu rosto emocionado. Por um instante os cílios o cobriram. Depois ele apareceu de novo momentaneamente e desapareceu: seu rosto, como consegui perceber, brilhava de alegria e orgulhosa satisfação; ele parecia um administrador eficiente que se esforça para cuidar bem dos negócios alheios.

Desde então, a cada novo encontro, antes que meus lábios buscassem os lábios da minha amada, eu espiava embaixo de suas pestanas, à procura do minúsculo organizador do nosso romance: ele estava sempre no seu posto, pontual e obsequioso, e apesar da pequenez do seu rosto, eu sempre adivinhava exatamente sua expressão — ora infantilmente alegre, ora um pouco cansada, ora calmamente contemplativa.

Uma vez, durante um dos encontros, falei à minha amiga sobre o homenzinho que se metera dentro da sua pupila, e também o que eu pensava sobre ele. Para minha surpresa, ela reagiu às minhas palavras com frieza e mesmo com certa hostilidade.

— Que tolice! — e vi suas pupilas se afastarem de mim num movimento instintivo. Tomei sua cabeça entre as palmas das minhas mãos e tentei à força procurar o homenzinho, mas ela ria e baixava as pálpebras.

— Não, não — e me pareceu que seu riso não era exatamente um riso.

Às vezes nos acostumamos com uma coisa insignificante, para a qual inventamos um sentido, filosofamos sobre ela, e de repente a coisa insignificante ergue a cabeça, começa a disputar com o que é real e importante, exigindo com atrevimento um acréscimo de existência e de consideração. Eu já começara a me acostumar com o homenzinho da pupila; agradava-me ver que minhas histórias eram ouvidas pelos dois, por *ela* e por *ele*. Ademais, no ritual de nossos encontros, aos poucos foi sendo incorporado um certo tipo de jogo (os apaixonados inventam cada coisa!), onde a mulher escondia o homenzinho e eu o procurava, entre muitos risos e beijos. E eis que certa vez (até hoje é-me difícil e estranha a recordação disso)... certa vez, ao aproximar meus lábios dos dela, olhei nos seus olhos e vi: o homenzinho, olhando por baixo dos cílios, fez-me um sinal com a cabeça — seu rosto estava triste e ansioso — e de repente, virando as costas bruscamente, entrou com passinhos miúdos para dentro da pupila.

— Então, beije-me logo! — e as pálpebras dela se fecharam sobre o homenzinho.

— Afaste-se! — gritei, e fora de mim apertei os ombros dela com os dedos. A mulher ergueu os olhos, assustada, e no fundo de sua pupila dilatada perpassou mais uma vez minha pequenina figura, que se retirava.

Diante de suas perguntas assustadas permaneci calado, escondendo a resposta. Fiquei ali sentado, olhando para o lado, sabendo perfeitamente que o jogo estava terminado.

II

Durante vários dias eu não apareci, nem para ela, nem para outras pessoas. Depois recebi uma carta: dentro de um pequeno envelope creme, uma dezena de interrogações: teria eu viajado repentinamente? Não estaria doente? "É possível que esteja de fato doente", pensei, relendo as linhas tortas como teia de aranha, e resolvi visitá-la imediatamente, sem perder nem um minuto. Mas, próximo à casa da minha amiga, sentei-me num banco da rua e fiquei esperando o crepúsculo. Foi, sem dúvida nenhuma, por pura covardia, uma covardia totalmente absurda: temia — você compreende? — temia não ver aquele que uma vez já não tinha visto. Pode parecer que teria sido mais fácil as minhas pupilas revistarem as dela naquela ocasião e no local. Com certeza, tudo não passara de uma alucinação banal, um reflexo da pupila, nada mais. Mas o problema é que o próprio fato de querer verificar parecia-me um sinal da existência real e independente do homenzinho da pupila, o que eu interpretava como sintoma de uma doença, de uma alteração psíquica. A impossibilidade da existência daquela tolice absurda — pensava eu então — devia ser demonstrada puramente pela lógica, sem me entregar à tentação da experimentação: pois muitas ações reais, executadas por causa do irreal, conferem a este uma certa dose de realidade. Naturalmente, consegui facilmente esconder meu medo de mim mesmo: se estava sentado no banco, era porque o dia estava bonito e eu estava cansado, porque, em suma, o homenzinho da pupila era um bom tema para um conto, e por que não aproveitar o descanso para elaborá-lo, pelo menos nas suas linhas gerais? Finalmente, a chegada da noite levou-me para dentro da casa. No escuro vestíbulo ouvi "Quem é?": a voz era dela, mas um pouquinho *diferente* — mais exatamente, parecia que era dirigida a um outro, não a mim.

— Mas ora! Até que enfim!

Entramos no quarto. A mão dela, vagamente branca na penumbra do crepúsculo, dirigiu-se para o interruptor.

— Não é preciso.

Puxei-a para mim e nós nos amamos com um amor cego, envolto totalmente nas trevas. Nessa noite não acendemos a luz. Marcamos um novo encontro e eu saí com a sensação de alguém que consegue adiar um prazo.

Não há necessidade de narrar tudo com detalhes: à medida que o tempo passava, mais desinteressante aquilo se tornava. Na verdade, qualquer pessoa com uma aliança de ouro no dedo poderia terminar este capítulo: nossos encontros, transferidos bruscamente do meio-dia para a meia-noite, tornaram-se monótonos, cegos e sonolentos como a noite. Nosso amor aos poucos transformou-se no amor do cidadão comum, em cama de casal, com um inventário complicado — desde pantufas macias até o vaso noturno. Eu fazia qualquer coisa: o pavor de topar com as pupilas dela e verificar que estavam vazias, sem mim, despertava-me todos os dias uma hora antes do amanhecer. Levantava sem fazer barulho, vestia-me, esforçando-me para não acordar a minha amada, e saía com cuidado, na ponta dos pés. No início, ela estranhou meus desaparecimentos assim tão cedo, mas depois habituou-se. Agradeço a você, pessoa com aliança no dedo. Daqui para a frente eu mesmo vou contar. Cada vez que eu caminhava na madrugada fria em direção à minha casa, no outro extremo da cidade, ia pensando sobre o homenzinho da pupila. Pouco a pouco, de reflexão em reflexão, sua ideia foi deixando de me assustar: se antes eu temia a sua existência real e pensava nele com angústia e insegurança, agora ficava triste por ele não existir, não passar de um espectro e uma ilusão.

"Quantos desses reflexos minúsculos nós disseminamos nos olhos alheios — costumava pensar enquanto caminhava pelas ruas silenciosas e desertas —, se pudesse juntar todas as minhas minúsculas cópias, alojadas nas pupilas alheias, e formar uma pequena população de *eus* modificados e miniaturizados... Naturalmente, eles existem enquanto eu olho para eles, mas também eu existo enquanto alguém, não sei quem, olha para mim. Se esse alguém fechar os olhos... mas que besteira! Mas, se é besteira, se eu não sou apenas a visão de alguém e existo por mim mesmo, então aquele da pupila também existe por si mesmo."

Nesse ponto as ideias sonolentas se embrulhavam e novamente eu as desembrulhava:

— Estranho. Por que ele teve que partir? E para onde? Está bem, suponhamos que as pupilas dela estejam vazias. E daí? Para que eu preciso desse minúsculo reflexo em forma de gente? Se ele existe ou não, não dá no mesmo? E como pôde acontecer que um homenzinho pupilar se atrevesse a meter-se nos meus assuntos, encher minha vida de fantasmas e separar dois seres humanos?

Quando chegava nessa parte do pensamento, algumas vezes estive prestes a voltar, acordar a adormecida e extrair de suas pupilas a resposta: ele estava ou não estava lá?

Mas nunca voltava antes do cair da noite; mais ainda: se havia luz no quarto, eu virava o rosto e não correspondia às carícias. Certamente eu parecia carrancudo e grosseiro, até que a obscuridade envolvesse nossos olhos. Então eu comprimia ousadamente meu rosto contra o dela e perguntava-lhe muitas vezes seguidas se me amava. E o ritual noturno retomava seus direitos.

III

Numa dessas noites, através das camadas de sono, senti que alguma coisa invisível enganchara-se num dos cílios da minha pálpebra esquerda e o puxava dolorosamente para baixo. Abri os olhos: algo passou rápido diante do meu olho esquerdo, como se fosse uma pequena mancha dando uma cambalhota; depois escorregou pela minha bochecha, entrou dentro do pavilhão da orelha e gritou dentro do meu ouvido:

— Mas que diabo! Parece uma casa vazia, não respondem.

— O que é isso? — disse eu baixinho, sem saber exatamente se estava acordado ou se aquilo era um sonho sucedendo outro.

— Primeiro, não é o que é isso, e sim, quem é. Segundo: incline a orelha para perto do travesseiro, para eu poder saltar fora. Mais perto. Mais um pouquinho. Aí.

Na borda da fronha, cuja brancura se destacava no ar cinzento da madrugada, estava sentado o homenzinho da pupila. Com as mãos apoiadas nos fios brancos do tecido e de cabeça abaixada, ele respirava com dificuldade, como um caminhante que acabou de fazer uma travessia longa e penosa. Seu rosto estava triste e concentrado. Ele tinha nas mãos um livro preto com fechos cinzentos.

— Então você não é uma ilusão?! — gritei, examinando estupefato o homenzinho.

— Que pergunta idiota — interrompeu ele —, e além do mais, não faça barulho, senão vamos acordar essa aí. Aproxime o ouvido. Assim. Tenho uma comunicação a lhe fazer.

Ele esticou suas pernas fatigadas, sentou-se mais confortavelmente e cochichou:

— Contar como eu me mudei para a pupila não é necessário. Nós dois sabemos e lembramos bem como foi. Eu gos-

Dentro da pupila

tava da minha nova residência: cheia de reflexos cristalinos, com uma janela redonda de moldura irisada; ela me parecia confortável e alegre; os vidros convexos eram cuidadosamente lavados com lágrimas, à noite cortinas automáticas baixavam-se — em suma, um apartamento com todas as comodidades. É verdade que na parte de trás havia um corredor escuro que eu não sabia aonde ia dar, mas eu passava quase todo o tempo junto à janela, esperando por você. O que havia lá atrás não me interessava. Houve um dia em que um dos encontros que você marcou não aconteceu: fiquei caminhando para lá e para cá pelo corredor, procurando não me afastar muito para ter tempo de encontrá-lo a qualquer momento. Enquanto isso, findava o dia no outro lado do orifício redondo da pupila. "Não virá", pensei. Comecei a me aborrecer um pouco: sem achar algo para me distrair, resolvi caminhar até o fim do corredor. Mas a pupila, como já disse, estava na penumbra, e após alguns passos eu me encontrei numa escuridão total. Meu braço estendido não encontrava obstáculo. Queria regressar, quando um som fraco, vindo de lá do fundo do estreito corredor, chamou minha atenção. Agucei os ouvidos: parecia um canto arrastado de várias vozes desafinadas, entoando insistentemente a mesma melodia. Tive até a impressão de que meu ouvido distinguia algumas palavras: "forca", "morte" — o resto não dava para entender.

"O fenômeno me pareceu curioso, mas eu achei mais sensato voltar ao meu antigo lugar enquanto a pálpebra ainda não tinha se abaixado, pois a escuridão impediria a minha volta.

"Mas o caso não terminou aí. No dia seguinte, sem nem mesmo me afastar do meu lugar, escutei de novo atrás de mim aquelas vozes, unidas num hino cacofônico e furioso: as palavras ainda eram confusas, mas estava absolutamente claro que o coro era exclusivamente de vozes masculinas. Esse detalhe me deixou triste e pensativo. Era necessário explorar até o fim aquele caminho para o interior. Não que eu estivesse com muita vontade de iniciar a exploração, arriscando-me a topar não se sabe com quê e perder o caminho de volta, para a janela e o mundo. Durante dois ou três dias o fenômeno não se repetiu. 'Quem sabe se não foi só impressão minha?', pensava, tentando me tranquilizar. Mas certa vez, em plena luz do dia, quando eu e a mulher estávamos sentados junto às respectivas janelas à espera do encontro, ocorreu novamente o fenômeno sonoro, desta vez com inesperada nitidez e força: uma confusão de palavras desafinada e enfadonhamente monótona, repetindo-se sem cessar, entrava pelos meus ouvidos, e seu sentido era tal, que decidi firmemente ir até os cantores. A curiosidade e a impaciência tomaram conta de mim. Mas não queria partir sem avisá-lo: nós nos despedimos, lembra-se? — talvez um pouco inesperadamente para você —, e caminhei com pressa para o interior da pupila. Havia um silêncio total. A luz que me seguiu por muito tempo pela passagem estreita e cavernosa foi aos poucos enfraquecendo e se apagou. Logo meus passos ressoaram na mais absoluta escuridão. Eu caminhava tateando com as mãos as paredes escorregadias da passagem pupilar, parando de quando em quando para escutar. Finalmente, vislumbrei ao longe uma luz baça e amarela, sem vida: provavelmente é assim que brilham, tristes e turvas, as luzes dos pântanos. O cansaço e uma indiferença apática de repente tomaram conta de mim. 'O que é que eu estou procurando, que é que eu estou fazendo nestas catacumbas? — perguntava a mim mesmo. — Por que eu precisava trocar o sol por este lodaçal amarelento?' Provavelmente teria dado meia-volta, mas nesse instante o canto, do qual quase havia me esquecido, soou novamente: agora eu já podia distinguir as diversas vozes que se salientavam no hino bárbaro:

Dentro da pupila

Hom — hom — hom — homenzin —
homenzinho,
Sem licença da pupila não salte para cá.
Ímpar.
Mas se entrou, saiba já: uma forca aqui te
espera —
Pescoço no laço e se enforque, palhaço.
Ande pra frente, que atrás vem gente.
Par.
Homem, seja mais ágil que a pálpebra:
Cuidado, não vá despencar.
Vidas separadas, vão na morte se juntar.
O fim é no fundo se afundar.
Ímpar.
Homem — home — hom — hõ:
Estava aqui — não está mais.
Sumiu de vez. Plof!
Par.

"Aquela coisa sem pé nem cabeça me atraía como o anzol atrai o peixe. Ao encontro dos meus passos aproximava-se um orifício redondo, do qual saía a tal luz amarela. Agarrando-me nas suas bordas, enfiei a cabeça no buraco: lá embaixo, no fundo, uma dúzia de goelas ululavam. O clarão amarelo me cegava. Para melhor enxergar, inclinei-me em direção às profundezas, mas nesse momento as beiradas escorregadias começaram a se afastar e, tentando em vão agarrar o ar com as mãos, afundei no buraco. Mas o fundo da caverna, pelo visto, ficava perto; logo ergui-me nos cotovelos e sentei, olhando ao meu redor. Meus olhos, que pouco a pouco se acostumavam com a luz, começaram a distinguir o que me rodeava: eu estava dentro de uma espécie de garrafa de vidro opaco, cujas paredes pulsavam, sentado exatamente no centro do seu fundo abaulado. Embaixo, uma mancha amarela espalhava luz; ao meu redor, uma dúzia de formas humanas, meio escondidas na sombra, com os pés na claridade e as cabeças contra a parede, terminavam triunfalmente o refrão:

Homem — home — hom — hõ:
Estava aqui — não está mais.
Sumiu de vez. Plof!
Par.

"Minha pergunta 'Onde estou?' sumiu na algazarra. Buscando a saída, tentei ficar de pé sobre o fundo convexo, mas ao primeiro passo caí, escorregando pela ladeira e, debaixo da gargalhada geral e de gritos de alegria, caí de pernas para o ar, sentado entre dois dos habitantes daquele poço.

"— Aqui está começando a ficar superlotado — resmungou o vizinho da esquerda, afastando-se para o lado. Mas o da direita encarou-me com simpatia: ele tinha, eu diria, um ar de livre-docente, com a testa proeminente dos eruditos, um olhar meditativo, barbicha pontuda e uma cabeça calva com os cabelos restantes cuidadosamente penteados.

"— Quem são vocês? E onde estou?

"— Nós somos... seus predecessores. Está entendendo? A pupila das mulheres é como qualquer alojamento: no início, você tem permissão para se instalar, depois é despejado. Aí todos vêm parar aqui. Veja o meu caso — sou o nº 6. Este à sua esquerda é o nº 2. O senhor é o nº 12. Na verdade, nós não estamos distribuídos rigorosamente de acordo com os nossos números, mas segundo as associações. Entende, ou devo usar uma linguagem mais popular? A propósito, será que o senhor se machucou?

"— Contra a parede?

"— Não, contra o sentido, meu caro.

"Ficamos um minuto em silêncio.

"— Ah, sim: não se esqueça de registrar-se na qualidade

Dentro da pupila

de esquecido. Ah! Essas pupilas femininas! — disse ele, cofiando a barbicha. — Pupilas convidativas, sob a sombra dos cílios... Pense só: um vestíbulo maravilhoso, revestido com as cintilações do arco-íris, e depois — este abominável fundo escuro. Houve um tempo em que eu também...

"Interrompi sua frase:

"— Com quem devo me registrar?

"— Com Quagga.

"— Nunca ouvi esse nome.

"— Já ouviu falar da telegonia?

"— Não.

"— Hmm... então certamente o senhor não sabe nada sobre a égua do lorde Morton.

"— O que isso tem a ver...?

"— Uma coisa tem a ver com a outra. Havia uma égua, ou melhor, perdoe-me, inicialmente havia lorde Morton — a égua dele deu à luz um potro listrado, filho de Quagga, e Morton, a partir de Quagga e da égua, deu à luz a teoria da telegonia: acontece que daí para a frente, não importava com que cavalo cruzassem a égua, sua cria nascia sempre listrada, como em memória a Quagga, que foi o primeiro. Disso chegou-se à conclusão de que a ligação do organismo feminino com aquele que foi o seu primeiro é *indissolúvel* e continua viva nas relações ulteriores, indelével e indestrutível. O primeiro habitante da pupila, em cujo fundo nós agora estamos, já que tem a seu favor a cronologia, pretende para si o papel de Quagga. É bem verdade que várias vezes tentei explicar-lhe que essa teoria há muito foi contestada por Mister Ewart, mas o sujeito tenta exercer sua ditadura aqui, afirmando que ele é o solo, e nós somos as bombas de sucção, e que todas as nossas tentativas de repetir o irrepetível...

"— Diga-me — tornei a perguntar —, essa telegonia, essa coisa de que o senhor falou, foi realmente refutada de uma vez por todas, ou...

"— Eu já sabia — sorriu o livre-docente —, há muito que venho notando: quanto mais alto é o número, maior é o interesse em saber se o amor é mesmo listrado. Mas falaremos disso mais tarde. Ouça: o n° 1 está chamando o senhor.

"— Esquecido n° 12, venha cá!

"Levantei-me e fui na direção da voz, escorregando as mãos pela parede. Ao saltar por cima das pernas atravessadas no caminho, percebi que os contornos dos pupilenses tinham diferentes graus de clareza e nitidez: alguns estavam tão fundidos com a bruma amarela que eu sem querer tropeçava neles, sem perceber as figuras desbotadas, meio apagadas. De repente, duas mãos invisíveis, mas firmes, agarraram meus tornozelos.

"— Queira responder as perguntas.

"Inclinei-me para ver as mãos que me prendiam, mas não consegui: o n° 1 tinha perdido totalmente sua cor e se confundia com o ar. Os dedos invisíveis me soltaram e abriram o fecho de um livro. Deste livro aqui. As páginas cobertas de sinais levantavam-se e caíam, novamente outras levantavam-se, até que ele foi aberto numa página vazia, marcada com o meu número.

"O formulário compunha-se de várias dezenas de perguntas, começando com a data da entrada, motivos, quanto tempo tencionava passar (nesse item havia várias opções: a. eternamente; b. até o túmulo; c. até encontrar algo melhor — favor sublinhar a resposta escolhida); e terminava, me parece, com a lista de diminutivos e apelidos carinhosos e a pergunta 'Como você encara o ciúme'. Em pouco tempo, minha página ficou cheia. O dedo invisível ergueu-a levemente: embaixo apareceram outras páginas em branco.

"— Pronto — disse Quagga, fechando o livro —, mais um recém-falecido; o livro aos pouquinhos vai se enchendo. É tudo. Não vou retê-lo mais.

"Voltei para o meu antigo lugar, entre o n° 2 e o n° 6. A

Dentro da pupila

barbicha esbranquiçada do nº 6 ia saindo para me receber, mas, deparando-se com meu silêncio, escondeu-se imediatamente na sombra.

"Fiquei muito tempo sentado, mergulhado nas minhas reflexões acerca das páginas em branco do livro de registros. Um barulho inesperado fez-me voltar à realidade.

"— Nº 11, para o centro — gritou a voz de Quagga.

"— Onze, Onze — ouviu-se de todos os lados.

"— O que é que está acontecendo? — perguntei ao meu vizinho.

"— É a narrativa do dia — explicou-me ele —, é feita pela ordem numérica; na próxima vez, o senhor também terá de ir...

"Não precisei pedir mais detalhes, pois o número chamado já estava subindo na protuberância do fundo. Sua figura corpulenta me pareceu familiar. Meu predecessor sentou-se na mancha amarela e olhou calmamente ao redor. Ele tinha prendido com os lábios o cordão de seu *pince-nez* e o mascava pensativamente, balançando as bochechas balofas.

"— Pois é... É engraçado relembrar, mas houve um tempo em que meu único objetivo, como o de cada um de vocês, era: de qualquer maneira, com verdades e mentiras, introduzir-me na pupila da nossa anfitriã. E aqui estamos nós. Que aconteceu em seguida?

"Ele enrolou o cordão do *pince-nez* no dedo, arrancou as lentes do nariz e, apertando os olhos com ar desdenhoso, continuou:

"— Uma armadilha para homens. Sim, senhores. Mas vamos ao que importa. Nosso primeiro encontro foi decisivo. Lembro-me de que nossa *ela* estava naquele dia com um vestido preto todo fechado. E seu rosto parecia também hermeticamente abotoado: lábios severamente apertados, pálpebras semicerradas. O motivo da melancolia está sentado aqui à minha esquerda: o nosso prezado nº 10. Todos se recordam do que ele nos contou na última vez, pois os esquecidos não esquecem. Mas naquele tempo eu não tinha a honra de conhecê-lo. Isto é, naturalmente eu já desconfiava de que nem tudo corria bem nas pupilas que se escondiam debaixo das pestanas — e de fato, quando finalmente consegui olhar para os olhos da mulher, havia neles tanto *abandono*, que eu, naquele momento à procura de uma pupila que me conviesse, imediatamente resolvi ocupar o lugar vago.

"'Mas como fazer isso? Cada um tem a sua maneira de penetrar no coração de alguém. A minha consiste na acumulação de pequenos favores, na medida do possível pouco onerosos: 'Você já leu tal livro do autor tal?'. 'Não, mas gostaria...' Na manhã seguinte, um mensageiro entrega um livro novinho. Os olhos, onde você tem a intenção de se instalar, encontram, ao virar a capa, sua respeitosa dedicatória e seu nome. Se a biqueira do alfinete do chapéu ou a agulha de limpar o fogareiro a querosene sumiram, fixem firmemente na memória essas quinquilharias, para no primeiro encontro revirar o bolso do colete e, com um largo e devotado sorriso, de lá tirar uma agulha, uma biqueira, ingressos para a ópera, comprimidos de Pyramidon e sabe-se lá o que mais. De fato, uma pessoa penetra no coração de outra em doses minúsculas, por meio de homenzinhos pequeninos que mal podem ser vistos e que, ao se reunirem numa quantidade suficiente, acabam finalmente por dominar a consciência. E entre eles sempre há um — tal como os outros, pequenino de dar dó —, mas se ele for embora, com ele irá todo o sentido, e toda essa atomística imediatamente se partirá em pedaços, irremediavelmente, estão entendendo? Aliás, não há necessidade de explicar isso a vocês, moradores da pupila.

"'E assim, pus em ação o método dos pequenos serviços: por toda parte, entre os bibelôs, os livros, os quadros espalhados pelas paredes do quarto onde vivia nossa anfitriã, começaram a aparecer meus representantes; ela não podia evitar de olhar os minúsculos homenzinhos que se alojaram em todos os cantos e que de todas as fendas sussurravam o meu nome. Mais cedo ou mais tarde, pensava eu, algum deles conseguirá penetrar na sua pupila. Mas por enquanto havia muito trabalho: as pálpebras da mulher quase não cediam, como se elas carregassem só Deus sabe que peso, e isto criava para mim, homem da pupila, uma situação extremamente difícil.

"'Lembro-me que em resposta ao enésimo favor meu a mulher sorriu para o lado e disse:

"'— Parece que o senhor está me cortejando. É inútil.

"'— Não tem importância — respondi docilmente. — No meio do caminho para o litoral da Crimeia certa vez me aconteceu de olhar pela janela, durante uma parada do trem. Vi uma casinha melancólica de tijolos, que sobressaía entre as manchas amarelas do campo. Na casinha havia uma tabuleta, na tabuleta estava escrito: Estação Paciência.

"'Os olhos de minha interlocutora se entreabriram.

"'— Na sua opinião, isso é o meio do caminho? É engraçado.

"'Não me recordo o que tagarelei em resposta, mas lembro-me de que o trem, chegando à Estação Paciência, durante muito tempo permaneceu parado no mesmo lugar. Então resolvi apelar para o auxílio de vocês, meus amáveis predecessores. Eu ainda não sabia quem e quantos eram vocês, mas instintivamente eu sentia que as pupilas dela eram, por assim dizer, habitadas, que vários x do sexo masculino inclinaram-se sobre elas, e seus reflexos... Enfim, numa palavra, resolvi remexer com minha colher o passado, bem lá no fundo, misturando e turvando-o de novo. Se a mulher *já* não ama um e *ainda* não começou a amar outro, então o *ainda*, se possui nem que seja um pingo de bom senso, deve dar umas sacudidas no *já* e não deixá-lo cair no esquecimento, até que ele lhe mostre todos os acessos e maneiras de aproximação.

"'Eu usava minha colher mais ou menos assim: 'Não se ama alguém como eu. Eu sei. Aquele que você amava não se parecia comigo. Não é verdade? Aquele ou aqueles? Não quer dizer? Mas claro. Com certeza ele era o...' — e com o zelo obtuso do trabalhador a quem o fabricante de vinho mandou mexer o suco de uva, continuava a girar as minhas perguntas. A princípio obtinha como resposta o silêncio; depois, meias palavras. Eu via que na superfície da consciência dela começavam a inchar e rebentar bolhas, vindas do fundo, e irisações efêmeras que pareciam sepultadas para sempre no passado. Animado com o sucesso, continuei meu trabalho de misturador. Oh, eu sabia muito bem que não se pode revolver os estímulos das emoções sem revolver a própria emoção. As figuras rejeitadas, resgatadas do fundo, logo a seguir tornavam a cair nas trevas de onde vieram, mas elas despertavam um sentimento palpitante que não queria acalmar-se e permanecia na superfície. Os olhos da mulher erguiam-se cada vez com mais frequência ao encontro das minhas perguntas. E eu várias vezes dobrei os joelhos, preparando o salto... Mas o meu enorme sósia, em cuja pupila eu então me encontrava, deixava escapar uma ocasião atrás da outra, devido à sua falta de jeito e à sua massa colossal. Finalmente chegou o dia decisivo: eu, ou melhor, nós, a encontramos junto à janela: seus ombros se encolhiam de frio, sob o xale quente.

"'— Que há com você?

"'— Nada. Um pouco de febre. Não se preocupe.

"'Mas a mim, que seguia o método dos pequenos serviços, não era permitido não me preocupar. Dirigi-me sem demora para a saída e quinze minutos depois de voltar, recebia a ordem:

"'— Vire-se.

"'Entretido, observando a rotação do ponteiro de minutos, ouvi o barulho da seda e um colchete de pressão se abrindo: o termômetro estava no lugar adequado.

"'— E então?

"'— 36,6.

"'Chegou o momento em que até mesmo o meu grandalhão não poderia errar o diagnóstico. Aproximamo-nos da mulher.

"'— Você não está colocando direito. Me permite?

"'— Deixe para lá.

"'— Primeiro é preciso sacudir. Assim. Agora...

"'— Não ouse!

"'Os olhos de um e outro estavam próximos. Aproveitei a ocasião e saltei: as pupilas da mulher se cobriram com aquela película embaçada, que é o mais seguro sinal... Bem, resumindo, eu calculei mal o pulo e fiquei pendurado num cílio, que balançava de um lado para o outro, como um ramo na tempestade. Mas eu sou bom no meu ofício e alguns segundos depois, entrando com dificuldade na pupila, ofegante e nervoso, ouvi atrás de mim inicialmente ruídos de beijos, depois o barulho do termômetro caindo no chão. O lado de fora logo ficou fechado pelas pálpebras. Mas não sou curioso. Com o sentimento do dever cumprido, sentei-me sob a abóbada circular e fiquei pensando sobre a difícil e perigosa profissão de homenzinho da pupila: os acontecimentos futuros provaram que eu estava certo, ou melhor, eles se mostraram ainda mais sombrios do que os mais sombrios dos meus pensamentos.'

"O nº 11 calou-se e ficou sentado com ar triste e abatido na protuberância luminosa. E novamente os esquecidos começaram a cantar — a princípio baixinho, depois mais e mais alto — o seu estranho hino:

Hom — hom — hom — homenzin — homenzinho.
Sem licença da pupila, não salte para cá.
Ímpar.

"— Que animal descarado! — sintetizei, em resposta ao olhar inquiridor do nº 6.

"— É um dos ímpares. Eles são todos assim.

"Perplexo, pedi que me explicasse o que estava dizendo.

"— É isso mesmo. O senhor ainda não notou que num dos seus lados estou eu, nº 6, e no outro estão o nº 2 e o nº 4? Nós, os pares, ficamos aqui separados, porque, como está vendo, os ímpares são todos insolentes e brigões. Por isso, nós, que somos tranquilos e voltados para a cultura...

"— Mas como o senhor explica isso?

"— Como? Como lhe dizer... provavelmente o coração possui um ritmo próprio, uma alternância de desejos, uma espécie de dialética do amor, que passa da tese para a antítese, alterna um insolente com os pacíficos, como o senhor e eu.

"Ele deu uma risadinha bonachona e me piscou o olho. Mas eu não tinha vontade de rir. O nº 6 também enxotou a alegria do seu rosto.

"— Veja — disse ele, chegando-se mais para perto de mim —, não se deve ser apressado nos julgamentos: o estilo do orador quem determina é o público — logo o senhor se convencerá disso pessoalmente. Não se pode negar ao nº 11 um certo dom de observação. Por exemplo: as pessoas usam os diminutivos para expressar as grandes emoções; quanto maior a importância, menor o signo; nós usamos nomes no diminutivo para nos referirmos àqueles que são *mais* do que os outros para nós, e não é por acaso que no eslavo antigo as palavras *querido* e *pequeno* se confundiam. É verdade, eu, como o nº 11, estou convencido de que não são aqueles homenzarrões imensos, que nos fazem saltar de uma pupila a outra, que são amados, e sim nós, os homenzinhos nômades que passam a vida inteira se abrigando nos olhos alheios. E mais: se da teoria dos pequenos serviços retirarmos a vulgaridade, também nesse caso o nº 11 está correto: conquistar é

Dentro da pupila

ter a posse da chamada 'massa associativa' do conquistado; além disso, o próprio amor, falando esquematicamente, não é mais do que um caso particular de associação recíproca.

"— E isso, o que é que é?...

"— É o seguinte: ao classificar assim e assado nossas associações, os psicólogos não notaram que a ligação entre as imagens é ou unidirecional, ou bidirecional... Espere, espere — apressou-se ele, ao notar meu gesto de impaciência —, aguente um pouquinho de chateação, que depois ficará mais interessante, vai ver. O conquistador liga, é claro, não uma ideia a uma imagem, nem uma imagem a um conceito, e sim, uma imagem (de uma pessoa) a uma emoção; ele deve se lembrar de que esse processo é ou da emoção para a imagem, ou da imagem para a emoção. E enquanto não ocorrer, por assim dizer, uma faísca dupla, enquanto... Quê? Não está entendendo? Pense um pouco, não posso pensar pelo senhor. Quer exemplos? Pois não. Primeiro caso: a emoção já existe, mas não está direcionada, não se associou à imagem; inicialmente, "a alma desejava encontrar qualquer um"; eram emoções sem objeto, descargas no vazio; depois cai o "qualquer" e nesse momento é extremamente fácil e simples preencher o "um" que está vago. Segundo caso: quando a imagem tem de esperar a emoção — aqui, o entrelaçamento dos elementos associativos se dá às vezes de maneira difícil e lenta. Os romances da adolescência se dão geralmente pelo primeiro itinerário; os da segunda juventude, pelo segundo. Mas a lei das associações exige dos enamorados muito trabalho: num amor contínuo, é indispensável que, cada vez que entre no aposento o chamado "ser amado", também surja, por associação, o sentimento de amor por ele. Da mesma forma, era de se pensar que qualquer emoção sexual deveria despertar no mesmo instante a imagem daquele famoso "ser amado". Na realidade, porém, geralmente o sentimento e a imagem ligam-se como a corrente de um circuito elétrico ao qual foi ligado um detetor, isto é, *numa só direção*. É na base desses meio-amores unidirecionais que se constrói, geralmente, a maioria das ligações: são relações do primeiro tipo, em que a corrente associativa caminha só da imagem para a emoção, e nunca no sentido inverso; obtém-se então um máximo de infidelidades, mas um bom grau de ardor. Por quê? Meu Deus, ele não está entendendo nada! Bem, em vez desse circuito elétrico com detetor, tomemos a circulação do sangue através do coração: movendo-se numa direção, o sangue vai abrindo as válvulas cardíacas; se inverter a direção, ele as fecha, barrando a passagem para si mesmo. Aqui é a mesma coisa: todo encontro é ardente, eu diria até mais: cada ideia que entra na consciência, no caso, uma imagem, suscita um afluxo de sentimento ardente — o sangue, por assim dizer, abre para si mesmo as válvulas; mas a emoção que surge na ausência do portador da imagem pode facilmente seguir outros caminhos: as pessoas que se apaixonam dessa forma só estão apaixonadas durante os encontros, quando a imagem do eleito encontra rapidamente o caminho para o sentimento, mas o sentimento delas não conhece o caminho para o eleito — o sangue, tentando encontrar o amor, fecha para si mesmo as válvulas do coração. Parece que o senhor bocejou. É enervante? Bom. O segundo modo de se apaixonar produz, note bem, uma pequena proporção de infidelidades, mas em compensação, também dá um nível baixo de paixão: um acesso de fome amorosa chama à consciência (durante um encontro ou não) sempre a mesma imagem, mas se essa imagem chega primeiro à consciência, ela não traz consigo a emoção: esse tipo de associatividade unidirecional é muito cômoda para as relações cotidianas, para a vida familiar, e não está sujeita a catástrofes. Mas apenas o terceiro caso, o da associação bidirecional, quando a imagem e a emoção são inseparáveis, produz aquilo que talvez eu aceite chamar de amor. Não importa o que o senhor diga, o nº 11 sabe onde está o xis da questão, mas não é capaz de alcançá-lo. Já eu...

"— Mas para que alcançar destroços? — perguntei exaltado.

"Por um minuto o n° 6 ficou sentado sem responder, com o ar de quem torce cuidadosamente o fio rompido dos seus pensamentos:

"— Porque aquilo, até onde o n° 11 chegou, mas onde ele parou, é a questão mais importante e fundamental para os que, como o senhor e eu, caíram neste fosso negro da pupila e... E depois, para que esconder, nós todos aqui estamos doentes de uma estranha descoloração crônica; o tempo desliza sobre nós, como uma borracha por linhas escritas a lápis; nós perecemos como ondas na calmaria; a continuar essa descoloração, em breve eu não distinguirei mais as nuances dos meus pensamentos, perderei meus contornos e mergulharei no nada. Mas não é isso que me aborrece, e sim, que junto comigo desaparecerão tantas observações, fórmulas e descobertas científicas. Pois se eu pudesse sair daqui, mostraria a todos esses Freuds, Adlers, Mayers a verdadeira natureza do esquecimento. O que esses colecionadores de atos falhos e lapsos de todo tipo, metidos a geniais, poderiam contrapor a uma pessoa que saiu da fossa escura, cujo nome é esquecimento? Só que é pouco provável: é mais fácil escapar da morte do que daqui. Mas seria divertido. Sabe, desde que era jovem, eu me preocupava com o problema do esquecimento. O encontro com esse problema foi quase por acaso. Estava folheando um livrinho de poemas, não me lembro de quem, e de repente leio:

Além do voo dos pássaros, das nuvens de pó,
Apaga-se o disco do Sol:
Se alguém me esqueceu,
Nesse instante isso ocorreu.

"'Meditando sobre este punhado de palavras, eu nem desconfiava de que, ao penetrar na ideia, nunca mais sairia dela.

"'Naquela época comecei a imaginar que as imagens vagam constantemente do consciente para o inconsciente e vice--versa. Mas algumas mergulham tão profundamente no inconsciente que não conseguem encontrar o caminho de volta para a consciência. A pergunta que me interessava era: como morre uma imagem? Ela se apaga como uma brasa que se consome lentamente ou como uma vela que se apaga num sopro? Aos poucos ou de uma vez? Depois de longa e penosa agonia ou subitamente? A princípio concordei com o poeta: o processo do esquecimento me parecia ser como um desabamento instantâneo, mas que tinha sido longamente preparado: existia algo — não existe mais. Lembro-me de que, utilizando as séries mnemônicas de Ebbinghaus, tentei até calcular o instante do desaparecimento, do apagamento, da desintegração desta ou daquela imagem. Mas logo minha atenção foi atraída para a questão das emoções esquecidas. Isso é superinteressante: uma mulher tal encontra-se n vezes com um homem tal, e durante os encontros ambos sentem uma certa emoção; mas a tal mulher vai ao encontro n° $n+1$ com o tal homem e a emoção não acontece. Naturalmente, o tal vai tentar de todas as maneiras fingir e vai até mesmo revistar minuciosamente sua alma, quando estiver sozinho, tentando achar o que perdeu. Mas tudo em vão: recordar a imagem da mulher que partiu é possível, mas recordar um sentimento que se foi é totalmente impossível: a lagartixa fugiu, deixando na sua mão a cauda; a imagem e a emoção se dissociaram. Ao estudar o processo de esfriamento, que transforma o ente amado num ser odioso, não pude resistir às analogias: para mim logo ficou evidente que existe algo em comum entre o processo de esfriamento da paixão e, digamos, o do resfriamento de um banal pedaço de enxofre. Ao retirar calorias do enxofre, fazemos seus cristais passarem de um sistema para outro, ou seja, causamos a mudança de sua forma e de seu aspecto. Não apenas isso: está provado que um elemento químico como o fósforo, por exemplo, durante um resfriamento gradual, não só muda sua formação cristalina e sua cor, passando do violeta ao vermelho e do vermelho ao negro, como também — numa determinada etapa do resfriamento — perde totalmente qualquer forma, descristaliza-se, torna-se amorfo. A questão é captar esse momento do desaparecimento da forma... Porque, se é possível observar o segundo em que um pedaço cintilante de carbono, que chamamos de diamante, transforma-se no vulgar carvão, que evitamos com medo de nos sujar, por que razão não poderíamos assistir ao momento em que 'eu amo' transforma-se em...?

"'Mas, mesmo permanecendo no campo dos símbolos químicos, fazer isso não seria tão fácil: o cristal, antes de se deformar, de perder suas facetas e tornar-se um corpo informe e amorfo, passa por um estado chamado *metaestabilidade* — algo intermediário entre a forma e o informe. Essa analogia me pareceu convincente: as relações de muitas e muitas pessoas são precisamente metaestáveis, em algum lugar entre o derretimento do gelo e o ponto de ebulição; é curioso, aliás, que a metaestabilidade dá o mais alto coeficiente de viscosidade. As analogias iam ainda mais longe: um corpo incandescente abandonado à própria sorte vai esfriando naturalmente; o mesmo acontece com as emoções. Somente mudando seu objeto, atirando mais e mais lenha no sentimento, é possível mantê-lo candente. Eu me lembro de que nesse ponto pareceu-me que as analogias tinham me levado a um beco sem saída, do qual elas não poderiam me tirar. Mas a ciência, ao responder à pergunta — quais são precisamente os casos em que a diminuição da temperatura transforma o cristal em algo amorfo —, de certa maneira me respondeu em quais casos o processo natural de esfriamento das emoções transforma, por assim dizer, o diamante em carvão, ou seja, a afeição em indiferença, a forma no informe. Verificou-se que o cristal submetido a resfriamento não tem absolutamente propensão a perder a forma, e sim, somente a mudar sua forma, mas como a velocidade do esfriamento supera a velocidade da recristalização, esta última não tem tempo de se realizar, as partículas param, apanhadas pelo frio a meio caminho entre uma forma e outra, e o resultado é algo disforme e congelado ou, passando da química ao psíquico, algo detestável e fadado ao esquecimento. Nessas condições, uma ligação estável e duradoura só pode ter esta explicação: ela é constituída por uma série de traições que um e outro cometem um com o outro. Por que está arregalando os olhos? É exatamente assim: pois se houvesse ao menos uma pessoa absolutamente fiel a uma imagem gravada nela, como um desenho numa placa de cobre, então seu amor poderia durar, digamos, um ou dois dias, e olhe lá... É que o objeto real do amor muda constantemente e você só pode ser amado se seu par trai hoje, com você, aquele que você era ontem. Sabe, se eu fosse escritor, tentaria escrever um conto fantástico: meu herói encontra uma moça — uma criatura maravilhosa, jovem, dezessete primaveras. Tudo corre bem: amor, reciprocidade. Depois, vêm os filhos. Passam-se os anos. Eles se amam como no início, com a mesma força e simplicidade. Naturalmente, a certa altura ele já sofre de asma, ela tem rugas ao redor dos olhos e sua pele está flácida. Mas tudo isso é familiar, habitual e íntimo. De repente, abre-se a porta e ela entra, mas não aquela, ou melhor, não da maneira como ela estava uma hora ou um dia atrás, e sim a antiga namorada de dezessete anos, a mesma a quem ele jurou amar e ser fiel eternamente. Meu herói fica desconcertado, eu diria mesmo, atarantado: a forasteira também examina com perplexidade aquela vida alheia e envelhecida. Os filhos dela, que ela não gerou. Aquele homem obeso vagamente conhecido, lançando olhares assustados para a porta do quarto vizinho: tomara que a outra, ou seja, ela mesma, não entre agora. 'Ontem você me prometeu', diz a jovem criatura, mas o asmático esfrega a testa desconcertado: 'Ontem' — isso foi há uns vinte anos. Ele está confuso, não entende nada e fica sem saber o que fazer com a hóspede. Nesse instante aproximam-se da porta os passos da outra, que agora era aquela.

"'— Você deve ir embora, por que se ela encontrar você aqui...

"'— Quem?

"'— Você. Vamos, depressa.

"'Mas já era tarde. A porta se abriu e meu herói, bem... acordou, digamos...'

"— Ouça, nº 6, assim não é possível: da psicologia para a química, da química para a beletrística. Não estou vendo como o senhor vai voltar daqui para a sua cristalização, seja de imagens, seja de fósforo e carvão.

"— Mas eu volto, o senhor verá. Escute: alguém ama um certo A, mas o A de hoje, amanhã já é A_1, e dentro de uma semana, A_2. Consequentemente, para acompanhar o ser em permanente recristalização, é necessário constantemente reconstruir a imagem, ou seja, redirigir a emoção a cada nova imagem; saltar de uma pedra no rio para outra, depois para outra: trair A_1 com A_2, depois com A... E se essa série de traições, causada pela mutabilidade dos amantes, se der na mesma velocidade que as mudanças no amado, então tudo, por assim dizer, ficará no seu lugar e, da mesma forma que um caminhante que executou cem passos não sabe que seu corpo caiu cem vezes, mas todas as vezes foi aparado a tempo pelos músculos, também os apaixonados que conviveram algumas semanas ou mesmo anos não desconfiam jamais de que *houve tantas traições quantos foram os encontros*.

"Ele terminou com o ar de um conferencista de sucesso à espera de aplausos. Porém, as teorizações têm em mim o efeito de sonífero. O nº 6, depois de um minuto de silêncio, começou de novo a bater na mesma tecla: a diferença das velocidades, a traição que não acompanha a mudança, a mudança que se atrasa em relação à traição... Meus olhos se fecharam e caí no sono. Mas até dormindo eu me via perseguido por enxames de símbolos químicos e sinais algébricos, que giravam e executavam seu voo nupcial, com um zumbido fino e cruel.

"Não sei quanto tempo duraria meu sono, se não tivesse sido despertado por vozes e sacudidelas.

"— Nº 12, para o centro.

"— Vamos ouvir o novato.

"— Nº 12...

"Nada me restava fazer. Empurrado e estimulado à direita e à esquerda, escalei o montinho amarelo e luminoso. Dez pares de olhos, apontados para mim na escuridão, prepararam-se para sorver e espalhar os segredos de duas pessoas. E eu comecei a contar o meu caso, que o senhor já conhece. Não vou repetir. Quando terminei, eles começaram a cantar o seu estranho hino. Uma melancolia surda envolveu minhas têmporas e, balançando de um lado para o outro, vazio e morto, cantei junto com os demais:

> *Pescoço no laço e se enforque, palhaço.*
> *Ande pra frente, que atrás vem gente.*
> *Par.*

"Finalmente eles me deixaram voltar para o meu lugar. Escorreguei agilmente para a sombra. Um leve tremor me descerrou os dentes. Raramente eu tinha me sentido assim tão infame. A barbicha à direita me fez um aceno solidário; inclinando-se para o meu ouvido, o nº 6 cochichou:

"— Esqueça. Não vale a pena. Disse o que tinha para dizer e pronto. Como o senhor ficou em frangalhos!

Dentro da pupila

"E seus dedos secos, com um gesto curto, me apertaram a mão.

"— Escute — disse, voltando-me para o nº 6 —, está bem que nós, eu e estes, tudo bem, mas o senhor, o que quer do amor? Para que o senhor está aqui marcando passo junto conosco no fundo da pupila? O senhor se sente bem é dentro de uma biblioteca, os marcadores de livro lhe bastam — o senhor deveria viver com eles e com suas fórmulas, com o nariz enfiado nos livros, em vez de meter-se onde não é chamado, intrometer-se no que não entende.

"O docente baixou a cabeça embaraçado.

"— Veja, isso pode acontecer a qualquer um... Dizem que o próprio Tales certa vez passeava enquanto olhava para as estrelas e caiu num poço. Então, aconteceu comigo também. Eu não estava desejando, mas quando lhe oferecem uma pupila... Em duas palavras: eu dava aulas de psicologia num curso superior feminino. Seminários, aulas práticas, exposições etc. Naturalmente, as cursistas me procuravam, às vezes até na minha casa, atrás de temas, informações e material de consulta. Entre elas estava a nossa. Veio uma ou duas vezes. Naquela época eu ainda não sabia que, para a mulher, a ciência, como tudo, de maneira geral, é personificada. Perguntas — respostas — novamente perguntas. Eu não diria que ela tivesse uma capacidade especial de compreensão. Um dia, quando estava explicando-lhe os logaritmos da excitação na lei de Weber e Fechner, notei que ela não estava escutando. 'Repita.' Ficou calada com os olhos baixos e sorrindo de alguma coisa. 'Não entendo o que você vem fazer aqui', eu disse, num acesso de irritação, e acho que bati com força o livro na mesa. Então ela levantou os olhos para mim e vi lágrimas neles. Não sei o que os outros fazem nesses casos, mas eu me aproximei e cometi a imprudência de olhar dentro de suas pupilas úmidas. E aí eu fui...

"O nº 6 fez um gesto de desânimo com a mão e calou-se.

"Novamente a nebulosidade amarela do poço se fechou sobre nós. Eu corri os olhos pelas paredes vítreas, fechadas como um cilindro, e pensei: será possível que esta seja minha última morada, que o presente me foi tirado irremediavelmente e para sempre?

"Nesse meio-tempo, chegou a vez do nº 1. Sobre a mancha amarela se estendeu uma mancha negra. Ao lado dela estava este livro aqui (Quagga não se separava dele).

"— De acordo com uma característica íntima — começou a mancha negra — é fácil classificar as mulheres em quatro categorias. À primeira pertencem as mulheres que, concedendo um encontro, se deixam despir e vestir. Nesse tipo eu incluiria muitas cortesãs de luxo e também as mulheres que conhecem a arte de transformar seus amantes em escravos submissos, sobre os quais cai toda a responsabilidade e todo o trabalho febril de desabotoar e abotoar os ganchos e colchetes de pressão que saltam entre seus dedos. A primeira categoria parece não se importar com a situação, ela fecha os olhos e apenas consente. A segunda categoria é a das mulheres que se deixam despir, mas que se vestem sozinhas. Enquanto isso, o homem fica sentado, olhando para a janela ou a parede, ou fumando um cigarro. A terceira categoria — a mais perigosa, talvez — é daquelas que mostram o caminho para os ganchos e colchetes, mas depois obrigam a servi-las apaixonadamente em todos os mínimos e tocantes detalhes de sua toalete. Estas são na maioria coquetes mal-intencionadas, que adoram uma conversa dúbia, experientes aves de rapina, numa palavra, do tipo 'vem cá, rapaz'. Finalmente, a quarta categoria — das que se despem e se vestem sozinhas, enquanto os parceiros esperam, uns com mais, outros com menos paciência —, essas são as prostitutas de um rublo, as esposas que estão perdendo o viço, e possivelmente mais algumas. Agora pergunto: em qual dessas categorias, meus amáveis sucessores, vocês incluem a nossa anfitriã?

Dentro da pupila

"A mancha fez uma pausa. Imediatamente começou uma gritaria de todos os lados:

"— À primeira, evidentemente.

"— Que estão dizendo! À segunda!

"— É mentira! À terceira!

"E uma voz rouca de baixo rugiu, suplantando a gritaria:

"— À última!

"A mancha negra se sacudiu com um riso silencioso.

"— Eu sabia: as opiniões tinham que divergir. Este livro que eu tenho nas mãos sabe muita coisa de muita gente. É verdade que ele ainda tem muitas páginas em branco e nosso número ainda não está completo. Mas cedo ou tarde chegará o tempo em que as pupilas da dona da casa perderão a capacidade de cativar e atrair para si. Então, depois de registrar o último neste livro, vou me dedicar a escrever uma *História completa e sistemática de uma atração*. Com índice onomástico e analítico. Minhas categorias são apenas um esquema com finalidade metodológica, como diria o nosso nº 6. As portas de uma categoria para outra estão escancaradas, por isso não é de se admirar que nossa *ela* tenha passado do por todas.

"'Vocês todos sabem: comigo, ela começou a ser mulher. Isso foi há... não importa, a única coisa importante é que isso aconteceu. Fomos apresentados durante um chá literário: 'Esta aqui é recém-chegada da província, confio aos seus cuidados'. O *tailleur* fora de moda, que tornava rígida sua fragilidade de donzela, confirmava as palavras da apresentação. Tentei capturar os olhos dela com os meus, mas nada — com uma batida de cílios, eles escaparam para o lado.

"'Depois, ficamos todos mexendo com as colherinhas nos copos, enquanto alguém falava, perdido nas suas folhas de papel. O organizador daquela chatice literária me arrastou para um lado e pediu que eu acompanhasse a jovem provinciana à casa dela: 'está sozinha, sabe, e de noite ela pode se perder'. Lembro-me de que seu casacão estava com a alça de pendurar no gancho arrebentada.

"'Saímos. Chovia torrencialmente. Chamei um fiacre e, através da chuva oblíqua que nos fustigava, mergulhamos debaixo da capota de couro. Ela falou alguma coisa, mas embaixo de nós já ressoavam as pedras do calçamento, e eu não conseguia distinguir as palavras. Viramos numa esquina, depois noutra. Apertei com cuidado seu cotovelo: a moça estremeceu e tentou se afastar, mas não havia para onde. Os pequenos e nervosos solavancos das rodas nas pedras do calçamento nos empurravam um para o outro. Ali, em algum lugar bem próximo, estavam seus lábios: eu queria descobrir onde e me inclinei... e nesse momento aconteceu algo que eu não esperava. Ela se atirou bruscamente para a frente, arrancou o forro de couro do fiacre e pulou fora com o carro em movimento. Lembro-me de ter lido em alguns romances passagens assim, mas lá geralmente eram os homens que utilizavam tal método, e me parece que na cena não entrava aquela chuva torrencial. Eu fiquei alguns instantes sentado ao lado do vazio, inteiramente desencorajado e desconcertado. Levei o mesmo tempo para acordar o cocheiro e fazê-lo parar o cavalo. Vendo-me saltar, o cocheiro interpretou o fato à sua maneira e começou a gritar a respeito do pagamento: mais alguns segundos perdidos. Finalmente corri pela calçada molhada, tentando distinguir no negrume da noite a silhueta da fugitiva. Os lampiões estavam apagados. Num cruzamento pareceu que a tinha alcançado; ela se voltou e com um inesperado clarão de fogo entre os dentes, chamou: 'Vem comigo, querido?'. Era uma mulher da rua. Continuei a correr. Outro cruzamento, uma confusão de ruas: nada. Quase desesperado, atravessei a rua a esmo e de repente quase tropeço na minha fujona: ela estava parada, tremendo de frio e açoitada pela chuva, pelo visto, perdida no emaranhado de ruas, sem

Dentro da pupila

saber para onde ir. Não vou reproduzir nossa conversa: já contei muitas vezes para vocês. Eu estava sinceramente arrependido: beijei seus dedos molhados, implorando que me perdoasse, ameacei ajoelhar-me ali mesmo na poça d'água se ela não parasse com a raiva. Procuramos outro fiacre e por mais que as pedras nos empurrassem um para o outro fiquei sentado firme, esforçando-me para que nossos ombros não se tocassem. Ambos estávamos congelados e batíamos os dentes. Ao despedir-me, beijei novamente seus dedos gelados e, de repente, minha companheira deu uma risada alegre e juvenil. Uns dois dias depois fui visitá-la, munido de um monte de declarações de boas intenções e de uma caixa de pó de Dover. Este último teve utilidade: a pobrezinha estava tossindo e queixando-se de calafrios. Não recorri ao seu método, nº 11, àquela altura ele era ainda... prematuro. A menor imprudência poderia facilmente destruir uma amizade nascente. Naquele tempo eu fazia melhor figura do que esta mancha cinzenta e apagada. Muitas vezes ficamos até tarde da noite conversando, sentados nas molas saltitantes do sofá. Aquela moça inexperiente não conhecia nem a cidade, nem o mundo, nem a mim. Os temas de nossas conversas pareciam levados de um lado para outro pelo vento: ora eu explicava pacientemente como lidar com o fogareiro a querosene, ora expunha os princípios da crítica kantiana, enrolando, porque eu próprio me confundia. Metida num canto do sofá, com as pernas encolhidas, ela ouvia avidamente o que eu falava — fosse a respeito do querosene, fosse a respeito de Kant — sem tirar de mim seus olhos escuros e profundos. Ah, sim, havia outra coisa que ela não conhecia: ela mesma. E numa dessas conversas, que durou até tarde, tentei explicá-la para ela mesma, tentei abrir o fecho deste livro que vocês estão vendo na minha mão, escrito pela metade e amassado. É... naquela noite nós falamos do seu futuro, daquilo que a esperava: os encontros, as paixões, as desilusões e novos encontros. Eu batia insistentemente no seu futuro. Às vezes ela dava uma risadinha curta e seca, às vezes me corrigia, outras vezes ouvia calada, sem interromper. Casualmente (meu cigarro se apagou, eu creio), acendi um fósforo e na luz amarela vi que seu rosto estava diferente, mais maduro e feminino, como se eu estivesse antevendo o futuro. Apaguei o fósforo e avancei mais no tempo: o primeiro amor, os primeiros golpes da vida, o amargor das separações, as repetições das experiências sentimentais — tudo isso tinha ficado para trás. Falando açodadamente, aproximei-me dos anos em que o sentimento já está cansado de ser fustigado, quando o medo de perder o viço obriga a ter pressa e a amarfanhar a felicidade, quando a curiosidade prevalece sobre a paixão, quando... aqui eu novamente acendi um fósforo e fiquei olhando com espanto os olhos dela, até sentir meus dedos queimando. Pois é, respeitáveis sucessores, se eu tivesse conduzido minha experiência corretamente, uma dúzia de fósforos me teria mostrado todos os rostos de que vocês mais tarde se apoderaram. Mas ela arrancou a caixa das minhas mãos e jogou para um lado. Nossos dedos se misturaram, tremendo, como se do alto tivesse despencado uma chuva gelada. Talvez não valha a pena continuar?'

"E a turva mancha humanoide começou a arrastar-se lentamente para o fundo.

"— E então, o que achou do nosso Quagga? — perguntou-me o n° 6 com curiosidade.

"Permaneci indelicadamente calado.

"— É, parece que o senhor está com ciúmes. Confesso que houve um tempo em que até eu ficava irritado com as pretensões desse Quagga, vangloriando-se de ter sido o primeiro. Mas não se pode destronar o passado: ele é mais rei do que os reis. É preciso se conformar. E depois, pensando bem, que é o ciúme?...

"Mas eu dei as costas para a aula e fiz de conta que

dormia. O n° 6 murmurou algo sobre as pessoas pouco educadas e calou-se, ofendido.

"A princípio fingi dormir, depois adormeci realmente. Não sei quanto tempo dormi: uma luz repentina que atravessou minhas pálpebras obrigou-me a abrir os olhos. Eu estava mergulhado numa fosforescência azul. Ergui-me apoiado num cotovelo, procurando a fonte dessa estranha luminescência. Com imenso assombro, percebi que a luz saía de mim mesmo: meu corpo estava rodeado de uma aura luminescente, cujos curtos raios se perdiam a alguns pés de distância de mim. Meu corpo estava leve e elástico, como acontece às vezes nos sonhos. Ao redor, todos dormiam. Subi de um salto no montículo amarelo e as duas luminescências, cruzando seus raios, encheram o ar com reflexos irisados. Um esforço mais e meu corpo leve pôs-se a escalar como um sonâmbulo as escarpas da parede em direção à abóbada da caverna. A fenda quase fechada que havia nela se entreabriu; agarrei-me com as mãos nas suas bordas e meu corpo flexível e elástico saiu através dela em direção ao exterior. Diante de mim estendia-se um corredor baixo que me atraía para dentro. Eu já me perdera nos seus meandros uma vez, tropeçando nas paredes e na escuridão. Mas agora a luz azulada que eu emanava indicava-me o caminho. A esperança alvoroçou-se no meu peito. Dentro de meu contorno fosforescente, estava fazendo o caminho de volta, em direção à saída da pupila. Eu era precedido por reflexos e formas que deslizavam pelas paredes, mas não tinha tempo de examiná-las. Meu coração batia na garganta quando finalmente alcancei a janela redonda da pupila. Até que enfim! Atirei-me cegamente para a frente e trombei dolorosamente com a pálpebra abaixada. A maldita cortina de pele impedia a saída. Com um gesto amplo, desferi-lhe um soco com o punho fechado, mas a pálpebra nem sequer tremeu: a mulher, pelo visto, dormia profundamente. Enraivecido, comecei a golpear aquela barreira com o ombro e os joelhos. A pálpebra deu uma tremida e então a luz que me rodeava começou a enfraquecer, quase apagando. Atarantado, corri para trás, com medo de ficar na escuridão total; os raios voltavam para dentro do meu corpo e, junto com eles, retornava também o meu peso; com passos pesados como chumbo, ofegante pela corrida, atingi a abertura na abóbada da caverna: ela se abriu docilmente ao meu encontro e eu saltei para o fundo. Meus pensamentos turbilhonavam como grãos de areia ao vento: por que eu voltara? Que força me precipitara de novo ao fundo, da liberdade para a escravidão? Ou, quem sabe, tudo isso não passara de um pesadelo absurdo? Mas por que então... Arrastei-me para o meu lugar e sacudi o nº 6 pelos ombros; ele deu um salto, esfregando os olhos, e recebeu minha saraivada de perguntas.

"— Espere, espere, o senhor disse 'sonho'? — perguntou ele, examinando atentamente os últimos e vacilantes clarões da minha auréola que se apagava. Hum... é possível que se trate realmente de um sonho, mas esse sonho (não se espante) — *é o senhor*. Isso mesmo! Isso já aconteceu aqui com os outros também: os sonhos dela às vezes nos despertam e obrigam-nos a vagar como sonâmbulos, não se sabe para quê e para onde. Ela está sonhando com o senhor, entende? Espere, aqui o senhor ainda está brilhando. Ah! Apagou — então o sonho já terminou.

"— Nº 6 — cochichei, agarrando o braço dele —, não aguento mais. Vamos fugir daqui!

"Mas meu vizinho balançou a cabeça negativamente.

"— É impossível.

"— Mas por quê? Eu ainda há pouco estive lá, na saída para o mundo. Se não fosse a pálpebra...

"— É impossível — repetiu o nº 6 —, primeiro, quem lhe garante que ao sair dos olhos dela o senhor achará seu dono? Pode ser que eles já tenham se separado, a distância é gigantesca e o senhor vai se perder e morrer. Em segundo

Dentro da pupila

131

lugar, antes da sua chegada houve aqui alguns valentões que tentaram fugir. Eles...

"— O que houve com eles?

"— Imagine só, voltaram.

"— Voltaram?

"— Sim. Veja, o orifício da caverna abre-se apenas para os sonhados e para aqueles que vêm de lá, do mundo exterior. Mas os sonhos nos mantêm atados a uma corda, pois nos separam da realidade por meio das pálpebras abaixadas e nos atiram de volta para o fundo assim que ela para de sonhar. Resta outra solução: esperar o momento de abertura da fenda para a passagem de um recém-chegado e pular para fora. Vêm em seguida os corredores da caverna (o senhor os conhece) — e a liberdade. Parece simples. Mas há um detalhe que põe tudo a perder.

"— Não compreendo.

"— Veja, no momento em que você está se esgueirando para sair, fatalmente vai cruzar face a face, ombro a ombro, com o novato que está saltando para o seu lugar no interior. Aí, a tentação de dar uma olhadela no sucessor, nem que seja de relance, geralmente é tão forte que... bem, numa palavra, você perde o momento e perde a liberdade: a abertura se fecha e o fujão cai no fundo junto com o recém-chegado. Pelo menos, este foi o destino de todas as tentativas. Existe aí, compreende, uma armadilha psicológica, na qual é impossível não cair.

"Eu ouvia calado, e quanto mais se repetia a palavra 'impossível', mais forte se tornava a minha determinação.

"Passei algumas horas elaborando os detalhes do meu plano. Nesse meio-tempo, chegou a vez do nº 2. Meu taciturno vizinho da esquerda arrastou-se para a luz amarela. Era a primeira vez que eu via sua figura desbotada, pálida e arqueada. Ele deu uma tossidinha tímida e começou a falar, gaguejando ligeiramente:

"— Eis como tudo se passou. Certa vez eu recebi uma carta: um envelope comprido assim. Tinha um leve perfume de verbena. Abri: linhas enviesadas, como teia de aranha. Comecei a ler: que é isto?...

"— Silêncio! — ressoou de repente a voz de Quagga. — Interromper a narrativa! Lá em cima... estão ouvindo?

"O narrador e as vozes ao redor dele calaram-se instantaneamente. A princípio, parecia não haver nada. Depois — não sei se era ilusão ou realidade — de longe, sobre a abóbada, ouvi um passo leve e cauteloso. Parou. Recomeçou. Cessou.

"— Está ouvindo? — cochichou no meu ouvido o nº 6. — Apareceu. Está vagando.

"— Quem?

"— O nº 13.

"E, inicialmente baixinho, para não assustá-lo, depois cada vez mais alto, nós entoamos nosso hino dos esquecidos. De vez em quando, a um sinal de Quagga, parávamos o canto e ficávamos ouvindo. Os passos pareciam estar já bem próximos e de repente começaram a afastar-se.

"— Mais alto, vamos, mais alto! — gritou Quagga. — Vamos atraí-lo para cá, vamos! Ah, você não vai escapar, queridinho, ah, não!

"E nossas vozes roucas e enraivecidas batiam contra as paredes pegajosas da prisão.

"Mas pelo visto o nº 13, escondido em algum lugar na passagem escura, hesitava e errava os passos. Finalmente nós perdemos as forças. Quagga permitiu um descanso, e em breve tudo ao meu redor mergulhou no sono.

"Mas eu não deixei que o cansaço me dominasse. Com a orelha colada à parede, continuei à escuta na escuridão.

"A princípio tudo estava quieto, depois novamente ressoaram, lá em cima da abóbada, passos que se aproximavam. A fenda no teto começou a abrir-se lentamente. Agarrando-

-me nas saliências escorregadias da parede, tentei subir até lá, mas logo desprendi-me e caí, batendo sobre um objeto duro: era o livro dos esquecidos. Tentando não fazer ruído (Quagga de repente podia acordar), abri seus fechos e com o auxílio das alças comecei a puxar rapidamente meu corpo para cima, de uma saliência a outra, até minha mão agarrar a borda do orifício que se entreabria. Do lado oposto vi uma cabeça pendurada, mas, fechando os olhos, atirei com um breve esforço meu corpo para fora, pondo-me a correr em seguida, sem olhar para trás. Depois de já ter vagado por duas vezes no labirinto pupilar, eu já conseguia orientar-me mais ou menos, até mesmo na escuridão. Logo percebi uma luzinha pálida cada vez mais próxima, que vinha da pálpebra semicerrada. Finalmente no lado de fora, saltei no travesseiro e caminhei, defendendo-me dos golpes de ar produzidos pela respiração de alguém.

"— E se de repente não é ele, não é o meu? — pensava, hesitando entre o medo e a esperança. E quando, à primeira claridade da madrugada, finalmente comecei a distinguir meus traços agigantados, quando, depois de tantos dias de separação, vi o senhor, meu amo, jurei não abandoná-lo nunca mais e jamais voltar a perambular por pupilas alheias... Aliás, não eu, mas o senhor..."

O homenzinho da pupila calou-se, colocou o livro debaixo do braço e levantou-se. Pelas janelas vagavam manchas rosadas da aurora. De longe vinha o barulho de rodas. As pestanas da mulher estremeceram ligeiramente. O homenzinho da pupila olhou-as com receio e novamente virou para mim seu pequeno rosto fatigado: ele esperava minhas ordens. "Faça-se a sua vontade", disse-lhe sorrindo, e aproximei meus olhos dele o mais que pude. Com um salto, ele passou sob minha pálpebra e caminhou para dentro de mim: mas alguma coisa, talvez um canto pontudo do livro que ele tinha debaixo do braço, arranhou a borda da minha pupila e uma dor aguda repercutiu no meu cérebro. Um véu negro escureceu meus olhos. Pensei que isso era coisa passageira, mas não: a aurora cor-de-rosa tornara-se negra; ao redor, o silêncio negro da noite, como se o tempo tivesse encolhido as patas e andado para trás. Escorreguei da cama e vesti-me apressadamente, sem ruído. Abri a porta: o corredor; uma volta; a porta; outra porta e, tateando pela parede, desci um degrau, mais outro, e estava fora. A rua. Caminhei para a frente sem virar em nenhuma esquina, sem saber para onde ou para quê. Pouco a pouco o ar foi fluidificando, deixando ver os contornos das casas. Olhei em volta: eu tinha sido alcançado por uma segunda aurora em tons vermelhos e azuis.

De repente, em algum lugar no alto, sobre o poleiro de um campanário, os sinos se remexeram e começaram a bater, o bronze golpeando o bronze. Levantei os olhos. Do frontão da velha igreja um enorme olho pintado dentro de um triângulo olhava fixamente para mim através da obscuridade.

Senti um friozinho espetando o meio das minhas costas, como a ponta de um compasso: "São tijolos pintados". Nada mais que isso. Desembaraçando os passos das malhas da neblina, eu repetia: tijolos pintados, só isso.

Diante de mim, saindo da bruma perpassada pela luz, um banco familiar: era aqui que eu esperava — já faz muito tempo isso? — a escuridão como minha companheira. Agora o banco estava salpicado de lama e de gotas brilhantes de orvalho matinal.

Sentei-me na beirada úmida e recordei: foi aqui que, ainda mal delineada, me visitara a ideia do conto sobre o homenzinho da pupila. Agora eu tinha material suficiente para tentar amarrar o tema. Ali mesmo, diante do dia nascente, comecei a pensar em como fazer para dizer tudo, sem dizer nada. Em primeiro lugar, é preciso riscar fora a verdade, ninguém precisa dela. Depois, pintar com cores fortes a dor, até que ela se torne um enredo. Sim, é isso. Colocar umas pitadas de cotidiano e por cima passar uma ligeira camada de vulgaridade, como um verniz sobre a tinta — disso não é possível escapar; finalmente, dois ou três filosofismos e... leitor, você está dando as costas, quer sacudir estas linhas dos seus olhos, não, não me abandone no banco longo e vazio: deixe-me apertar a sua mão — assim — mais forte, mais forte ainda, eu estive muito tempo só. E eu não vou dizer isto para mais ninguém, só para você: afinal de contas, para que fazer medo nas crianças com a escuridão, se ela pode ser usada para acalmá-las e fazê-las sonhar?

(1927)

O COTOVELO QUE NÃO FOI MORDIDO

Esta história teria ficado escondida sob um punho engomado e uma manga de paletó, não fosse a *Resenha da Semana*. Esse semanário promoveu uma pesquisa: "Seu escritor favorito, seu salário semanal médio, qual o objetivo de sua vida", enviada aos assinantes junto com o número habitual. Durante o trabalho de classificação, entre as inúmeras enquetes preenchidas estava o questionário n° 11111, que passeou pelas mãos dos classificadores, sem encontrar uma pasta adequada: no questionário n° 11111, no item "salário médio" estava escrito "0", e no item "Qual o objetivo de sua vida", via-se em letras nítidas e redondas: "Morder meu cotovelo".

O questionário foi enviado ao secretário para instruções; do secretário, ele foi parar debaixo dos óculos de armação preta e redonda do redator. O redator apertou o botão da campainha, o contínuo veio correndo, depois saiu correndo — e um minuto depois o questionário, dobrado em quatro, já se encontrava dentro do bolso de um repórter, que recebeu ainda algumas instruções orais:

— Converse com ele num tom de leve brincadeira e tente decifrar o sentido da coisa: de que se trata — é um símbolo, ou uma ironia romântica? Bom, lá você vê...

O repórter demonstrou ter entendido e imediatamente se dirigiu ao endereço escrito no final do questionário. O bonde levou-o até o ponto final, que ficava num subúrbio; depois, os intermináveis zigue-zagues de uma escada estreita conduziram-no a um lugar bem rente ao telhado; finalmente ele bateu na porta e ficou esperando. Ninguém respondeu. Bateu novamente, esperou mais um tempo, depois empurrou a porta com a mão... a porta cedeu e ele se deparou com a seguinte cena: um quarto miserável, paredes cheias de percevejos, uma mesa e um estrado de madeira; sobre a mesa havia um punho de camisa desabotoado; sobre o estrado, um homem com um braço nu, tentando alcançar a ponta do cotovelo com a boca.

O homem estava tão absorto no que estava fazendo que, pelo visto, não ouviu nem as batidas na porta, nem os passos, e somente a voz forte do intruso foi capaz de fazê-lo levantar a cabeça. Então o repórter viu no braço do n° 11111, a duas ou três polegadas do cotovelo pontudo, direcionado para ele, alguns arranhões e vestígios de mordidas. O entrevistador não suportava ver sangue e, virando-se, perguntou:

— Parece que o senhor fala sério, isto é, quero dizer: sem simbolismos.

— Sem.

— Ironia romântica parece que também não tem nada a ver...

— Anacronismo — murmurou o mordedor de cotovelo, e caiu de boca novamente nos arranhões e cicatrizes.

— Pare, ai, pare — gritou o repórter, fechando com força os olhos. — Quando eu sair, tenha a bondade, mas agora o senhor não poderia deixar sua boca me dar uma pequena informação? Diga-me, há muito tempo que o senhor faz isso?... — e começou a arranhar o bloco com o lápis.

O repórter terminou a entrevista e transpôs a porta, mas pouco depois voltou:

— Ouça, morder o próprio cotovelo é uma boa coisa, só que é inatingível. Ninguém até hoje conseguiu essa façanha, todos que tentaram fracassaram. O senhor já pensou nisso, sujeito estranho?

Em resposta, dois olhos turvos sob o cenho franzido e um breve:

— *El possibile esta para los toutos.*[1]

O bloco já fechado foi reaberto.

— Perdão, não sou linguista. O senhor poderia...

Mas o nº 11111, ao que parecia, ficou com saudade do seu cotovelo e grudou a boca no braço cheio de mordidas. Retirando os olhos da cena, o entrevistador virou-se bruscamente, desceu correndo a escada em zigue-zague, chamou um carro e foi à toda para a redação: no número seguinte da *Resenha da Semana* saiu um pequeno artigo intitulado: "El possibile esta para los toutos".

Num leve tom de gozação, o artigo falava de um homem excêntrico e ingênuo, cuja ingenuidade ia às raias da... Nesse ponto, a *Resenha* optou pela reticência e concluiu o artigo com a máxima de um esquecido filósofo português, destinada a chamar à razão e a refrear todos os infundados sonhadores e fanáticos, perigosos para a sociedade, que buscam na nossa era lúcida e realista o impossível e o irrealizável: seguia-se a misteriosa máxima, que figurava também no título, acrescida de um breve *sapienti sat.*[2]

O caso chamou a atenção de alguns leitores da *Resenha da Semana* e duas ou três revistas transcreveram o curioso caso — e tudo isso logo teria ficado esquecido nas memórias e nos arquivos dos jornais, se não fosse a volumosa *Resenha do Mês*, que polemizava com a *Resenha da Semana*. No seu número seguinte, aquele órgão publicou uma nota: "Açoitaram-se a si mesmos". Alguém, dono de uma pena cortante, citando a *Resenha da Semana*, explicava que a máxima por-

---

[1] "O possível é para todos", em português. (N. da E.) [No original russo, a frase está grafada assim, em caracteres romanos, numa mistura de português com espanhol. (N. da T.)]

[2] "Para o sábio basta", em latim. (N. da E.)

O cotovelo que não foi mordido

tuguesa era na verdade um provérbio espanhol, cujo sentido era: "O possível é para os tolos". A publicação mensal acrescentava ainda um breve *et insapienti sat*,[3] e ao curto *sat* seguia-se um (*sic*).

Depois disso, a *Resenha da Semana* não teve outra alternativa senão publicar um extenso artigo, já no número seguinte, no qual, opondo seu *sat* ao outro *sat*, explicava que nem todos tinham a capacidade de entender a ironia: merece compaixão, evidentemente, não o ingênuo impulso para o inatingível (pois tudo que é genial é ingênuo), nem o fanático pelo seu cotovelo, e sim, o mercenário de sua pena, aquele indivíduo com antolhos da *Resenha do Mês*, que, lidando apenas com letras, compreende tudo literalmente.

Naturalmente, a *Resenha do Mês* não quis ficar atrás da *Resenha da Semana*. Mas o semanário também não podia deixar que o adversário dissesse a última palavra. Na acesa polêmica, o fanático do cotovelo se transformava ora num cretino, ora num gênio, e era, alternadamente, proposto como candidato a um leito no manicômio ou à quadragésima cadeira da Academia.

Dessa forma, algumas centenas de leitores das duas revistas tomaram conhecimento do nº 11111 e de sua relação com o seu cotovelo, mas em círculos mais amplos a polêmica não despertou interesse especial, ainda mais que estavam acontecendo outros fatos que atraíam a atenção: houve dois terremotos e um torneio de xadrez; diariamente, dois rapazes com ar abobalhado sentavam-se diante de 64 quadrículas — um tinha cara de açougueiro, o outro, de balconista de loja de roupas — e, por alguma razão misteriosa, os rapazes e as quadrículas tinham se tornado o centro do interesse dos intelectuais, de suas preocupações e esperanças. Enquanto

---

[3] "Também para o ignorante basta", em latim. (N. da E.)

isso, o nº 11111, no seu quartinho quadrado, parecido, talvez, com uma casa no tabuleiro, buscando com os dentes o cotovelo, entorpecido e rígido como uma peça de xadrez, esperava que o movessem.

A primeira pessoa que fez uma proposta concreta ao mordedor de cotovelo foi o diretor de um circo de periferia, que buscava renovar e completar seu programa. Era um homem empreendedor, e um número antigo da *Resenha* que caiu por acaso em suas mãos foi decisivo para o destino próximo do mordedor. O pobre coitado não aceitou de imediato o contrato, mas, quando o homem do circo mostrou-lhe que esse era o único modo de tornar o cotovelo também um meio de vida e que, garantindo a subsistência, ele poderia elaborar seus métodos e aperfeiçoar as técnicas da profissão, o pobre excêntrico resmungou algo como "hum-hum".

O número circense, anunciado nos cartazes como "Homem *versus* cotovelo. Morderá ou não morderá? Três *rounds* de dois minutos. Arbitragem: Belks", era o último, depois da mulher com a jiboia, dos gladiadores romanos e do salto do ponto mais alto do circo. A apresentação do número era a seguinte: a orquestra toca uma marcha e no picadeiro entra um homem de cotovelo desnudo; suas bochechas estão coradas com *rouge*, e as cicatrizes em volta do osso do cotovelo, cuidadosamente maquiadas e empoadas. Para a orquestra e começa a luta: os dentes, agarrando-se na pele, aproximam-se do cotovelo, centímetro por centímetro, cada vez mais perto.

— Mentira, você não consegue!

— Olha, olha, parece que conseguiu!

— Não, chegou perto do cotovelo, mas...

O pescoço do campeão se alonga, as veias incham, os olhos fixos no cotovelo ficam vermelhos e injetados, o sangue das mordidas pinga na areia, e a multidão, cada vez mais enlouquecida, levanta-se dos lugares, bate os pés no chão;

com os binóculos apontados para o mordedor, salta as barreiras, vaia, assobia e grita:

— Agarra ele com os dentes!

— Vamos, mais um pouquinho, agarra o cotovelo!

— Cotovelo, fique firme, não se entregue!

— Tá errado! Trapaça!

A luta termina e o árbitro declara vencedor o cotovelo. E nem o árbitro, nem o empresário, nem o público que se dispersava, ninguém imaginava que, para o homem com o cotovelo desnudo, a arena do circo em breve seria substituída pela arena da glória mundial, e que, em vez do círculo de areia de vinte metros de diâmetro, sob seus pés se estenderia a superfície plana da eclíptica terrestre, cujos raios se espalham a milhares de quilômetros de distância.

Eis como tudo começou: um conferencista de sucesso, Justus Kint, que conquistara a glória através dos ouvidos de damas idosas e ricas, depois de um almoço festivo foi conduzido ao circo por um grupo de alegres amigos. Kint era um filósofo profissional e percebeu imediatamente o significado metafísico do mordedor de cotovelo. Na manhã seguinte ele começou a escrever um artigo denominado "Princípios da imordibilidade".

Kint, que poucos anos antes tinha proposto, em lugar do desbotado lema "Voltemos a Kant", a nova palavra de ordem "Avante com Kint", com crescente número de seguidores, escrevia com elegante desenvoltura e floreios estilísticos (não foi à toa que numa de suas conferências ele declarou, sob uma explosão de aplausos, que "os filósofos, quando falam do mundo para as pessoas, veem o mundo, mas não veem que o seu ouvinte, habitante desse mesmo mundo e ali a cinco passos dele, está achando tudo muito chato"); descrevendo com cores vivas a luta do "homem contra o cotovelo", Kint fez uma generalização e, utilizando uma hipóstase, chamou o número circense de *metafísica em ação*.

As ideias do filósofo se desenvolviam da seguinte maneira: todo conceito (*Begriff* na linguagem dos grandes metafísicos alemães) vem, tanto lexicológica como logicamente, de *greifen*, que significa "agarrar, prender, morder"; mas todo *Begriff*, todo logismo, se é pensado até o fim, transforma-se em *Grenzbegriff*, isto é, um conceito-limite, que escapa à compreensão, está fora do alcance do conhecimento, assim como o cotovelo está fora do alcance dos dentes. "Prosseguindo — desenvolvia o artigo suas reflexões sobre os princípios da imordibilidade —, objetivando o imordível exteriormente, chegamos à ideia do transcendente: também Kant entendeu isso, mas ele não entendeu que o transcendente é ao mesmo tempo o imanente (*manus*, mão, consequentemente, também cotovelo); o imanente-transcendente está sempre no aqui, extremamente próximo do entendedor, *quase* que incluído no aparelho perceptor, da mesma forma que o cotovelo está *quase* ao alcance do esforço abocanhador dos maxilares, porém 'perto está teu cotovelo, mas não conseguirás mordê-lo',[4] e 'a coisa em si' existe em cada um, mas é inatingível. Aqui há um *quase* intransponível — finalizava Kint —, um 'quase' que, de certo modo, o homem do circo personifica ao pelejar para morder o próprio cotovelo. Desgraçadamente, cada assalto fatalmente termina com a vitória do cotovelo: o homem é derrotado — o transcendente triunfa. Cada vez se repete, sob os urros e assobios da turba ignara, o eterno drama gnosiológico, modelado de maneira grosseira mas expressiva pelo espetáculo de variedades. Apressem-se todos a ir ao trágico circo, contemplem um extraordinário fenômeno: por um punhado de moedas de cobre vocês verão uma coisa, pela qual a flor da humanidade pagou com a vida."

---

[4] Provébio popular russo. (N. da T.)

O cotovelo que não foi mordido

As minúsculas letras negras de Kint tiveram mais força do que os enormes caracteres vermelhos dos cartazes circenses. Multidões precipitaram-se para comprar por uma bagatela a raridade metafísica. Foi necessário transferir do subúrbio para o teatro central da cidade o número do mordedor de cotovelo; depois, o nº 11111 começou a fazer demonstrações também nos auditórios das universidades. Os kintistas passaram imediatamente a comentar e a citar o pensamento do mestre; o próprio Kint transformou seu artigo num livro, cujo título era O *cotovelismo: hipóteses e conclusões*. Já no ano de lançamento, o livro foi reeditado quarenta e três vezes.

O número de cotovelistas crescia a cada dia. Havia, é verdade, céticos e anticotovelistas; um velho professor tentou demonstrar o caráter associal do movimento cotovelista, que ressuscitava, na sua opinião, o antigo stirnerismo e que conduzia logicamente ao solipsismo, ou seja, a um beco sem saída filosófico.

Houve também adversários mais sérios do movimento; por exemplo, um certo formador de opinião, cujo nome era Tnik, participando de uma conferência dedicada aos problemas do cotovelismo, perguntou: o que acontecerá se no final das contas o famoso mordedor conseguir morder seu cotovelo?

Mas o orador foi impedido de terminar sua fala e tirado da cátedra debaixo de vaias. O infeliz não tentou mais falar em público.

Apareceram, naturalmente, invejosos e imitadores; um exibicionista declarou à imprensa que dia tal, a tal hora, ele conseguiu morder seu cotovelo. Foi formada imediatamente uma comissão para verificar o caso; o exibicionista foi desmascarado e pouco depois suicidou-se, devido ao desprezo e às perseguições que passou a sofrer.

Este caso trouxe ainda mais fama ao nº 11111: os estudantes, especialmente as estudantes, das universidades onde o mordedor se apresentava, iam em multidão atrás dele. Uma encantadora jovem, de olhos de gazela, tristes e assustados, tendo conseguido um encontro com o fenômeno, estendeu com um gesto de sacrifício seus braços seminus:

— Se é tão necessário para o senhor — morda o meu: é mais fácil.

Mas os olhos dela toparam com duas manchas opacas escondidas sob as sobrancelhas. Como resposta, ela ouviu:

— Não se mete o dente em cotovelo que não é da gente.

E o sombrio fanático pelo próprio cotovelo virou de costas, dando a entender que a audiência estava terminada.

A moda do nº 11111 crescia não a cada dia, mas quase que a cada minuto. Um sujeito espirituoso interpretou o número 11111, afirmando que o indivíduo designado por ele era "cinco vezes único". As lojas de roupas masculinas começaram a vender uma jaqueta de modelo especial, que foi logo chamada de "cotovelão", com uma espécie de tampa no cotovelo, presa por botões, para permitir que a qualquer momento, sem tirar a roupa, o usuário pudesse se ocupar do abocanhamento do próprio cotovelo. Muitos deixaram de fumar e beber, tornando-se cotovelômanos. Para as senhoras entrou na moda um tipo de vestido todo fechado, de mangas compridas com buracos redondos nos cotovelos; em torno do ângulo do cotovelo faziam-se belas aplicações vermelhas e pintavam-se riscos imitando arranhões e mordidas recentes. Um eminente hebraísta que passara quarenta anos escrevendo sobre as verdadeiras dimensões do templo de Salomão, abandonando suas conclusões anteriores, reconheceu que o versículo da Bíblia que fala de 60 côvados[5] de profundidade deveria ser interpretado como um símbolo da inacessibilidade: aquilo que está oculto por uma cortina é sessenta vezes

---

[5] Em russo, *lókot*, "cotovelo". (N. da T.)

inacessível. Um deputado do parlamento, buscando popularidade, apresentou um projeto propondo a mudança do sistema métrico e o restabelecimento da antiga medida: o côvado. Embora o projeto tenha sido rejeitado, sua discussão se deu em meio a rumorosa batalha na imprensa e foi acompanhada de violentos incidentes no parlamento bem como de dois duelos.

Ao conquistar um público amplo, foi natural que o cotovelismo se vulgarizasse e perdesse aquele contorno rigorosamente filosófico que Justus Kint esforçara-se para lhe transmitir. Jornalecos baratos, reinterpretando a doutrina do cotovelo, popularizavam-na assim: abra o seu caminho com seus próprios cotovelos; confie apenas nos seus cotovelos — e em nada mais.

E em breve a nova corrente, alterando caprichosamente seu curso, tornou-se tão impetuosa e ampliou tanto suas proporções, que o Estado, que contava com o nº 11111 entre a massa de seus cidadãos, naturalmente não iria deixar de utilizá-lo para a sua política orçamentária. Uma ocasião para isso logo apareceu. Aconteceu que algumas publicações esportivas, praticamente desde que surgiu o interesse pelo mordedor de cotovelo, começaram a publicar boletins periódicos com as flutuações de centímetros e milímetros que separavam os dentes do seu alvo. Um jornal semioficial começou a publicar esses boletins na penúltima página, entre os resultados das corridas de cavalo e dos torneios de futebol. Algum tempo depois, no mesmo jornal apareceu o artigo de um conhecido acadêmico, adepto do neolamarckismo, que, partindo do pressuposto de que os órgãos de um organismo vivo evoluem pelo exercício, chegou à conclusão da mordibilidade teórica do cotovelo. Com o gradual alongamento dos músculos estriados do pescoço, escrevia a sumidade, e com o exercício sistemático de torção do antebraço etc. Mas o incontestável lógico Justus Kint investiu contra o acadêmico, evitando um golpe na imordibilidade; começou uma disputa que em muito repetia a polêmica entre Spencer e o defunto Kant. O momento era favorável: um truste bancário (era de conhecimento geral que entre seus acionistas havia membros do governo e os maiores capitalistas do país) anunciou por meio de volantes a criação de uma grandiosa loteria dominical MSC ("Morda seu Cotovelo"). O truste prometia pagar sem demora a cada portador de bilhete numa relação de 11111 unidades monetárias por um (por UM!!!), se o cotovelo do mordedor de cotovelo fosse efetivamente mordido.

A loteria foi inaugurada ao som de bandas de jazz e à luz de lampiões que resplandeciam com todas as cores do arco-íris. Começaram a girar as "rodas da fortuna". As vendedoras mostravam os dentes alvos em sorrisos abertos, acolhendo os compradores, e os cotovelos nus, com reflexos vermelhos, a mergulhar nos poliedros de vidro cheios de bilhetes, trabalhavam do meio-dia à meia-noite.

No início foi fraca a venda das séries de bilhetes, pois a ideia da imordibilidade estava fortemente entranhada nas cabeças das pessoas. O velho lamarckista foi procurar Kint, mas este continuava irredutível:

— Nem mesmo o Senhor Deus — declarou ele num de seus comícios — pode fazer com que dois e dois não sejam quatro, que uma pessoa seja capaz de morder seu cotovelo e que o pensamento ultrapasse o limite de um conceito-limite.

O número dos que apoiavam a iniciativa da loteria, denominados "mordistas", era pequeno em comparação com os "imordistas", e a cada dia ficava menor; caía o valor dos papéis e sua desvalorização chegou perto do zero. A voz de Kint e seus seguidores, exigindo o nome dos verdadeiros inspiradores de toda essa maquinação financeira, a demissão do gabinete e mudança de cotação, soava cada vez mais forte. Uma noite, porém, foi dada uma busca no apartamento de

Kint. Na sua escrivaninha encontraram um grande pacote de bilhetes de loteria do truste. A ordem de prisão do líder dos imordistas foi imediatamente revogada, o fato, amplamente divulgado, e naquela mesma tarde a cotação dos bilhetes na bolsa começou a subir.

Dizem que às vezes as avalanches começam assim: um corvo pousado no cume de uma montanha bate com a asa na neve, uma bolota de neve escorrega para baixo, seus floquinhos vão agarrando outros floquinhos no caminho, ela vai aumentando de tamanho até virar uma bola que desce a encosta girando; atrás dela, desprendem-se pedras e placas de neve, uns blocos batem nos outros, e a avalanche prossegue, cavando sulcos na montanha, cobrindo e achatando tudo por onde passa. Pois bem: o corvo inicialmente havia batido uma das asas e, virando as costas para as consequências, fechou as pálpebras e dormiu; mas o estrondo da avalanche foi muito forte e acordou o corvo; a ave abriu as pálpebras, espreguiçou-se e bateu a outra asa na neve; os mordistas substituíram os imordistas e o rio dos acontecimentos passou a correr ao contrário, da foz para a nascente. A essa altura, os cotovelões só podiam ser encontrados nos brechós. Mas o nº 11111, cuja existência era lembrada a todos pelo número crescente de bilhetes de loteria e que havia se tornado a garantia viva de investimentos financeiros, estava agora submetido à observação e ao controle de todos. Filas de milhares de pessoas passavam em frente à jaula de vidro, onde dia e noite o nº 11111 labutava sobre o seu cotovelo. Isto fortalecia as esperanças e aumentava a subscrição. Os boletins oficiais, que haviam passado da terceira para a primeira página, em letras graúdas, às vezes anunciavam um milímetro a menos, e imediatamente apareciam compradores para dezenas de milhares de novos bilhetes.

A determinação do mordedor, que contagiava todos com a fé na realização do irrealizável, ao ampliar o contingente dos mordistas, em certo momento chegou a balançar o equilíbrio financeiro da bolsa. Aconteceu que, um dia, o número dos milímetros entre a boca e o cotovelo diminuiu tanto (o que, evidentemente, criou nova demanda de bilhetes), que o fato provocou alarme durante uma reunião secreta do governo: que poderá acontecer se o inatingível for atingido e o cotovelo for mordido? O ministro das Finanças explicou que o pagamento, nem que fosse a uma décima parte dos detentores de bilhetes, na base de 11111 por um, esfacelaria todas as reservas do Tesouro. O presidente do truste resumiu assim a situação: "Se isso acontecesse, um cotovelo mordido equivaleria a uma faca no nosso pescoço: a revolução seria inevitável. Mas isso não ocorrerá, enquanto as leis da natureza não cederem lugar aos milagres. Mantenhamos a calma".

E, de fato, já no dia seguinte os milímetros começaram a aumentar. Dava a impressão de que os dentes do mordedor estavam recuando diante do triunfante cotovelo. Depois ocorreu algo inesperado: a boca do mordedor, como uma sanguessuga saciada, largou de repente a pele ensanguentada, e o homem na jaula de vidro ficou uma semana inteira olhando com olhos vagos o chão, sem retomar a luta.

As catracas, pelas quais a fila tinha de passar, giravam cada vez mais rápido e milhares de olhos preocupados deslizavam sobre o desfenomenizado fenômeno; um rumor surdo e uma inquietação aumentavam dia a dia. Parou a venda dos papéis do truste. Prevendo complicações, o governo decuplicou o número de policiais em serviço, e o truste aumentou a taxa de lucro da subscrição.

Fiscais especialmente colocados junto ao n° 11111 faziam de tudo para enfurecê-lo e incitá-lo contra o próprio cotovelo (como se faz com as feras que resistem ao domador e que são açuladas com aguilhões de ferro); mas o n° 11111, com grunhidos surdos, virava as costas taciturno, como se recusasse um prato do qual estava enfarado. E quanto mais imóvel ficava o homem dentro da jaula de vidro, mais crescia o movimento ao seu redor. Não se sabe aonde tudo isso levaria, se não tivesse acontecido o seguinte: uma noite, pouco antes do amanhecer, desanimados de tentar atiçar o homem contra o cotovelo, os guardas e os fiscais tiraram os olhos de cima do nº 11111, quando este de repente saiu de sua apatia e atirou-se contra o inimigo. Por trás do seu olhar opaco, parecia que durante aqueles dias havia ocorrido alguma espécie de reflexão que levara a uma nova tática de combate. O mordedor, atacando o cotovelo pela retaguarda, tentava atingi-lo em linha reta, através da carne da dobra interna da articulação. Retalhando com os dentes camadas de tecido, enfiando a cara cada vez mais fundo no sangue, ele já estava quase atingindo com as tenazes dos maxilares a curva interna do cotovelo. Mas, como é sabido, na parte de dentro do cotovelo existe a junção de três artérias: *brachialis*, *radialis* e *ulnaris*. As dentadas nesse nó de artérias fizeram o sangue jorrar, deixando o corpo sem força e sem vida; os dentes, quase atingindo seu objetivo, desprenderam-se, o braço se abriu — a mão bateu no chão e, atrás dela, todo o corpo.

Quando os guardas ouviram o barulho, correram para a jaula de vidro: sobre a poça de sangue que se espalhava, jazia morto o nº 11111.

Mas como tanto a Terra como as rotativas continuaram a girar em seus eixos, certamente a história do homem que queria morder o próprio cotovelo não termina aí. A história, mas não a fábula: ambas — Fábula e História — quase ficam lado a lado. A História — nisso ela é costumeira — passa por cima do cadáver e segue adiante; mas a Fábula é uma velha supersticiosa e teme os maus presságios: não a condenem e não a levem a mal.

(1935)

SOBRE O AUTOR

Sigismund Dominíkovitch Krzyzanowski nasceu em 1887, numa família polonesa que residia na Pequena-Rússia, atual Ucrânia; lá, passou sua infância e juventude. Entre 1907 e 1913, estudou Direito na Universidade de Kíev, e publicou seus primeiros poemas. Trabalhou brevemente em um escritório de advocacia, mas logo começou a ministrar palestras sobre história e teoria literária no conservatório da cidade e em institutos ligados ao teatro.

Após publicar alguns contos em jornais locais, mudou-se em 1922 para Moscou, onde passou a trabalhar no Teatro de Câmara, do diretor Aleksandr Taírov (1885-1950). Ali foi montada, em 1923, a primeira peça com roteiro escrito por Krzyzanowski, uma adaptação de *O homem que era quinta-feira*, de G. K. Chesterton.

Nos anos 1920, participou ativamente do mundo teatral moscovita, tendo integrado a Academia Estatal de Ciências Artísticas, idealizada por Kandinsky. Embora seus contos e novelas tivessem obtido notoriedade nesse período, sendo lidos regularmente em reuniões e encontros literários, ele conseguiu publicar somente uns poucos desses textos. Já nos anos 1930, escreveu roteiros para cinema, libretos de ópera e inúmeros artigos sobre a obra de Shakespeare e Púchkin. Deste último, adaptou o *Ievguêni Oniéguin* para o teatro, com música de Prokofiev, espetáculo que teve sua produção suspensa pelo regime stalinista em 1936.

Em 1939, foi admitido na União dos Escritores da União Soviética, mas continuou sem conseguir publicar suas obras. Passou a elaborar pequenos artigos para periódicos e a atuar como revisor. Com isso, deixou gradualmente de escrever literatura no início dos anos 1940, não retomando mais a produção artística até sua morte, ocorrida em 1950.

Nos anos 1980, com o resgate da memória de diversos escritores colocados no ostracismo durante o período stalinista, os contos de Krzyzanowski foram finalmente lançados em livro, despertando grande interesse, tanto na Rússia, como no exterior. Ao longo da primeira década do século XXI, graças aos esforços do crítico literário Vadim Perelmouter, sua obra completa foi editada e publicada em cinco volumes, ganhando traduções para as principais línguas europeias.

SOBRE A TRADUTORA

Maria Aparecida Botelho Pereira Soares nasceu em Belo Horizonte, em 1939. Cursou Letras na Universidade da Amizade dos Povos Patrice Lumumba, em Moscou, de 1961 a 1966. De volta ao Brasil, estabeleceu-se no Rio de Janeiro, onde fez mestrado em Linguística na Universidade Federal do Rio de Janeiro, sendo posteriormente contratada para lecionar essa disciplina na mesma universidade. A seguir, fez o doutorado em Linguística, também na UFRJ, onde lecionou língua e literatura russas, colaborando com o Departamento de Letras Orientais e Eslavas.

Depois de se aposentar, trabalhou por quatro anos na equipe do dicionário Houaiss. A seguir, lançou várias traduções de autores russos, como *O capote*, de Nikolai Gógol (Alhambra, 1986), *O marcador de página*, de Sigismund Krzyzanowski (Editora 34, 1997), *Príncipe Igor* (Francisco Alves, 2000), épico anônimo do século XII, e *Contos da nova cartilha: primeiro livro de leitura*, de Lev Tolstói (Ateliê, 2005), além das traduções publicadas pela L&PM em formato de bolso, como *Notas do subsolo*, de Fiódor Dostoiévski; *A dama do cachorrinho e outras histórias*, *Um negócio fracassado e outros contos de humor* e *A corista e outras histórias*, de Anton Tchekhov; *A felicidade conjugal e O diabo*, e *Infância*, *Adolescência* e *Juventude*, de Lev Tolstói.

COLEÇÃO LESTE

István Örkény
A exposição das rosas
e A família Tóth

Karel Capek
Histórias apócrifas

Dezsö Kosztolányi
O tradutor cleptomaníaco
e outras histórias de Kornél Esti

Sigismund Krzyzanowski
O marcador de página
e outros contos

Aleksandr Púchkin
A dama de espadas:
prosa e poemas

A. P. Tchekhov
A dama do cachorrinho
e outros contos

Óssip Mandelstam
O rumor do tempo
e Viagem à Armênia

Fiódor Dostoiévski
Memórias do subsolo

Fiódor Dostoiévski
O crocodilo e
Notas de inverno
sobre impressões de verão

Fiódor Dostoiévski
Crime e castigo

Fiódor Dostoiévski
Niétotchka Niezvânova

Fiódor Dostoiévski
O idiota

Fiódor Dostoiévski
Duas narrativas fantásticas:
A dócil e
O sonho de um homem ridículo

Fiódor Dostoiévski
O eterno marido

Fiódor Dostoiévski
Os demônios

Fiódor Dostoiévski
Um jogador

Fiódor Dostoiévski
Noites brancas

Anton Makarenko
Poema pedagógico

A. P. Tchekhov
O beijo
e outras histórias

Fiódor Dostoiévski
A senhoria

Lev Tolstói
A morte de Ivan Ilitch

Nikolai Gógol
Tarás Bulba

Lev Tolstói
A Sonata a Kreutzer

Fiódor Dostoiévski
Os irmãos Karamázov

Vladímir Maiakóvski
O percevejo

Lev Tolstói
Felicidade conjugal

Nikolai Leskov
*Lady Macbeth
do distrito de Mtzensk*

Nikolai Gógol
Teatro completo

Fiódor Dostoiévski
Gente pobre

Nikolai Gógol
O capote e outras histórias

Fiódor Dostoiévski
O duplo

A. P. Tchekhov
Minha vida

Bruno Barretto Gomide (org.)
Nova antologia do conto russo

Nikolai Leskov
A fraude e outras histórias

Nikolai Leskov
*Homens interessantes
e outras histórias*

Ivan Turguêniev
Rúdin

Fiódor Dostoiévski
*A aldeia de Stepántchikovo
e seus habitantes*

Fiódor Dostoiévski
*Dois sonhos:
O sonho do titio e
Sonhos de Petersburgo
em verso e prosa*

Fiódor Dostoiévski
Bobók

Vladímir Maiakóvski
Mistério-bufo

A. P. Tchekhov
Três anos

Ivan Turguêniev
Memórias de um caçador

Bruno Barretto Gomide (org.)
*Antologia do
pensamento crítico russo*

Vladímir Sorókin
Dostoiévski-trip

Maksim Górki
*Meu companheiro de estrada
e outros contos*

A. P. Tchekhov
O duelo

Isaac Bábel
*No campo da honra e outros
contos*

Varlam Chalámov
Contos de Kolimá

Fiódor Dostoiévski
Um pequeno herói

Fiódor Dostoiévski
O adolescente

Ivan Búnin
O amor de Mítia

Varlam Chalámov
A margem esquerda
(Contos de Kolimá 2)

Varlam Chalámov
O artista da pá
(Contos de Kolimá 3)

Fiódor Dostoiévski
Uma história desagradável

Ivan Búnin
O processo do tenente Ieláguin

Mircea Eliade
Uma outra juventude
e Dayan

Varlam Chalámov
Ensaios sobre o mundo do crime
(Contos de Kolimá 4)

Varlam Chalámov
A ressurreição do lariço
(Contos de Kolimá 5)

Fiódor Dostoiévski
Contos reunidos

Lev Tolstói
Khadji-Murát

Mikhail Bulgákov
O mestre e Margarida

Iuri Oliécha
Inveja

Nikolai Ognióv
Diário de Kóstia Riábtsev

Ievguêni Zamiátin
Nós

Boris Pilniák
O ano nu

Viktor Chklóvski
Viagem sentimental

Nikolai Gógol
Almas mortas

Fiódor Dostoiévski
Humilhados e ofendidos

Vladímir Maiakóvski
Sobre isto

Ivan Turguêniev
Diário de um homem supérfluo

Arlete Cavaliere (org.)
Antologia do humor russo

Varlam Chalámov
A luva, ou KR-2
(Contos de Kolimá 6)

Mikhail Bulgákov
Anotações de um jovem médico
e outras narrativas

Lev Tolstói
Dois hussardos

Fiódor Dostoiévski
Escritos da casa morta

Ivan Turguêniev
O rei Lear da estepe

Fiódor Dostoiévski
Crônicas de Petersburgo

Lev Tolstói
Anna Cariênina

ESTE LIVRO FOI COMPOSTO EM SABON,
PELA BRACHER & MALTA, COM CTP DA
NEW PRINT E IMPRESSÃO DA GRAPHIUM
EM PAPEL PÓLEN SOFT 80 G/M² DA CIA.
SUZANO DE PAPEL E CELULOSE PARA A
EDITORA 34, EM JUNHO DE 2021.